GAMING THE SYSTEM

–

IMMER NUR DU

DIE GAMING THE SYSTEM SERIE

Brenna Aubrey

Übersetzung: Helena Tamis

SILVER GRIFFON ASSOCIATES
ORANGE, CA, USA

Book Layout ©2017 BookDesignTemplates.com
ISBN 979-8-88908-039-8
Silver Griffon Associates
P.O. Box 7383
Orange, CA 92863
www.BrennaAubrey.de

Kapitel Eins

MICHAELA

WEIHNACHTEN KAM SCHNELL. UND MIT JEDEM Jahreswechsel schien es schneller zu gehen als im Vorjahr. So war es auch dieses Jahr. Hatte ich nicht gerade erst den Neujahrskater ausgeschlafen, mich mit Valentinstagspralinen vollgestopft und am 4. Juli Feuerwerk in den Himmel geschickt? Was mir wie Wochen vorkam, waren tatsächlich Monate, und da waren wir schon am Jahresende angekommen, kurz vor dem Ansturm von Weihnachten. Wie üblich war ich nicht vorbereitet. Dazu kam noch, dass mir so gar nicht der Sinn danach stand.

Mein Freund, mit dem ich über ein Jahr zusammen gewesen war, und ich waren zu der gemeinsamen Entscheidung gekommen, uns am Thanksgiving-Wochenende zu trennen. Dann hatte ich eine meiner Abschlussprüfungen vermasselt.

Fa-la-la-la-la und bah-ich-mag-nicht-mehr.

Und ehrlich, das letzte, was ich *dieses* Wochenende wollte – nur drei kurze Wochen nach der erwähnten Trennung – war ein Kampf gegen den Drang, mich auf dem Rücksitz eines Autos zu übergeben. Besonders, während wir auf einer steilen, kurvigen Gebirgsstraße unterwegs waren zu einem verschneiten

Wochenende in einer Hütte voller Menschen, die ich kaum kannte.

Und doch war ich da, nachdem meine Mitbewohnerin mir quasi den Arm auf den Rücken gedreht hatte, damit ich „das Rumschmollen sein lasse" und meinen Hintern aus dem Haus bewegte. Sie und ihr Freund hatten sich etwa einen Monat vor mir getrennt. Dadurch waren wir ihrer Meinung nach in ähnlicher Verfassung. Nur dass das nicht wirklich stimmte.

„Heißt es ‚alles schläft, einsam wacht', oder ‚alles schläft, einsam lacht'?" Tiffani überprüfte ihr Make-up im Spiegel der Sonnenblende und klappte sie mit einem lauten Geräusch wieder hoch.

„Aghh", stöhnte ich. „Es wird hier gleich ‚alles fährt, einer kotzt', wenn wir nicht bald anhalten."

„Ach, komm schon, Michaela. Wir haben doch darüber geredet ... positive Einstellung, okay? Sing ein paar Weihnachtslieder mit mir, und du kommst auf andere Gedanken. Wie wäre es mit Jingle Bells? Wir sind zu dritt. Wir können uns abwechseln."

Stattdessen legte ich den Kopf verzweifelt zurück und starrte ans Dach des Autos, während wir um eine weitere Kurve bogen.

„Fahr langsamer, Jeremy", sagte Tiffani zum Fahrer.

„Das wird nichts. Ich hab doch schon eine ganze Schlange Autos hinter mir. Langsamer als das kann ich nicht fahren."

„Wen interessieren denn die? Wir kommen an, wenn wir ankommen."

Er seufzte laut. „Wenn wir noch zehn km/h langsamer fahren, hilft das überhaupt nicht."

Tiffani schniefte vor ihm und schaute seufzend aus dem Fenster. Ich unterstrich ihr Schniefen mit einem weiteren

Stöhnen. Zumindest durfte sie auf dem Beifahrersitz fahren, weil ihr ehemaliger Freund der Fahrer war. Der Rücksitz nervte einfach nur.

„Wo ist denn dein Mitgefühl?", jammerte sie ihm vor.

„Schon okay, er hat echt. Es wird nicht helfen, langsamer zu fahren."

Sie warf mir einen leicht genervten Blick zu. Vielleicht hatte ich ihr das Wasser abgegraben. Tiffani wirkte selbst etwas grün im Gesicht und stellte die Bitte sehr wahrscheinlich für sich, und nicht für mich.

Ich hätte mich da wirklich raushalten sollen. Ich wollte nicht, dass sie anfingen, einander anzufahren. Besonders, da sie beschlossen hatten, dieses Wochenende den Versuch zu machen, wieder zusammenzukommen.

Seltsamerweise – und unangenehmerweise – hatten sie sich dazu eine Hausparty am Wochenende bei Jeremys Freunden von der Arbeit ausgesucht. Und ja, ich hatte mich freiwillig mitschleppen lassen, statt am Wochenende vor Weihnachten in einer leeren Wohnung zu sitzen. Vermutlich hätte ich sonst das Bett nicht verlassen und mir traurige Lieder angehört, während ich mir Junkfood reinstopfte.

Iiiiigitt. *Denk nicht an Junkfood, Michaela.*

Also war ich hier, eine Gefangene mit flauem Magen auf der zweistündigen Fahrt von Orange County zum Bergstädtchen Big Bear. Vielleicht würden mir Schnee, Festlichkeit und Winter in der Seele guttun. *Vielleicht.*

Im Rückspiegel konnte ich sehen, dass Jeremy heftig dagegen ankämpfte, wegen Tiffanis offensichtlichen Ärgers nicht breit zu lächeln.

Sie riss den Kopf herum, ihr rabenschwarzes Haar flog. „Ich habe dir doch gesagt, dass wir es als Wochenende mit nur uns zwei hätten gestalten sollen. Ich weiß nicht, wieso ein Haus voller Leute, mit denen du arbeitest, uns helfen sollte. Selbst wenn ich mit den meisten von ihnen auch befreundet bin. Es sind immer noch eine Menge.“

Jeremy zuckte gutmütig mit den Schultern. „Es wird bestimmt ein Spaß. Du weißt doch, die sind alle nett. Und sie haben sich alle gefreut, als ich gesagt habe, dass du mitkommst. Außerdem haben sie das schon seit Monaten geplant. Wir haben alle unsere Deadlines geschafft, und wir wollen feiern. Mach doch einfach mit, Tiff.“

Ja, schon … aber Tiffani war nicht gut darin, bei irgendwas einfach mitzumachen. Sie war auf einer Mission – nach beinahe zwei Monaten Trennung wieder mit Jeremy zusammenzukommen. Und vielleicht war das nur mein eigenes Wunschdenken, aber es schien wirklich, als würde Jeremy ihre Begeisterung nicht unbedingt teilen.

Tiffani verschränkte die Arme vor der Brust und wandte den Kopf, um aus dem Fenster zu starren.

Ihre Beziehung war in dem Jahr, in dem sie zusammen gewesen waren, ziemlich wacklig gewesen, und ich hatte fast das ganze Elend mitbekommen, da ich Michaelas ständige Vertraute und Jeremys gelegentliche Gesprächspartnerin war. Ich war die uninteressierte Person in der Mitte.

Nein, das war nicht fair wiedergegeben. *Nein.* Ich konnte niemals uninteressiert sein, wenn es um Jeremy ging.

Tiffani mochte ja meine Mitbewohnerin und Freundin sein, aber Jeremy war früher einmal mein Angebeteter in der Mittelstufe gewesen. Und dieses erste Mal, als er Tiffani um ein

Date gebeten hatte, war für mich schwer zu schlucken gewesen, obwohl ich das im Stillen hinter mich gebracht hatte, mit einer Menge Galle. Fast so viel Galle, wie ich gerade schluckte.

Aber was hätte ich denn dazu sagen sollen? Sean und ich waren damals noch zusammen gewesen. Es war alles einfach so ein verflixter Schlamassel.

„Also weiß niemand, wie das Lied richtig geht?", fragte sie. „Ich habe damit ein ganzes Spiel geplant. Donna hat mich gebeten, mit den Spielen zu helfen."

„Warum googelst du es nicht einfach?", fragte Jeremy.

Sie seufzte. „Wenn ich im Auto lese, wird mir schlecht. Das weißt du doch."

Nur die Erwähnung, dass ihr schlecht wurde, ließ über mich eine weitere Woge Übelkeit strömen. Mein Mund wurde wässrig, und in meiner Kehle brannte es. Ich suchte auf dem Boden um mich herum nach einer Tüte, irgendeiner Tüte … nur für den Fall.

„Könnt ihr vielleicht das Fenster einen Spalt breit öffnen oder so was? Ich sterbe hier hinten", stöhnte ich.

Tiffani schniefte. „Da draußen ist es eiskalt. Ich öffne das nicht."

„Auch gut. Du bist diejenige, die gleich die Kotze abkriegt."

Während sie heftig Luft ausstieß, drückte sie auf den Knopf, der die Fenster steuerte, und öffnete es kaum einen Spalt breit, sodass ein winziger Luftstrom auf ihrer Seite reinkam, von dem ich gar nichts spüren konnte. Dass es offen war, konnte man nur daran erkennen, dass die Luft mit einem fauchenden Geräusch hereinrauschte. Ich lehnte mich mit einem Stöhnen zurück.

„Trink doch einfach einen Schluck Ginger Ale oder so was", flötete sie wenig hilfreich.

Meine Augenbrauen schossen nach oben, und ich funkelte sie an. Tiffani war eine gute Freundin gewesen, sie war für mich während meiner größten Trauer da gewesen, als ich letztes Jahr meinen Dad verloren hatte. Zu dieser Zeit hatte ich das Gefühl gehabt, sie würde alles für mich tun. Aber in letzter Zeit hatte sich das geändert. Vielleicht waren es die Schwierigkeiten in ihrem eigenen Leben, vielleicht war es was anderes.

Zwischen uns bestand inzwischen eine Distanz, ich hatte keine Ahnung, warum. Ich war immer besonders vorsichtig gewesen, die Gefühle – *oder was es auch war* – zu verbergen, die ich für ihren Freund hegte, während sie zusammen gewesen waren. Und ich hatte nicht mal eine ordentliche Gelegenheit bekommen, mit ihm zu reden, seit ich mich von meinem Freund getrennt hatte.

Sie konnte sich doch unmöglich von mir bedroht fühlen, oder? War ich die Maria für ihre Baronin Schrader? Plante sie insgeheim, mich zurück in den Konvent zu schicken?

Wieder begegnete ich Jeremys Blick im Rückspiegel. An seinen Augenwinkeln waren Fältchen, als würde er versuchen, ein Lachen zu unterdrücken. Ich streckte ihm die Zunge raus. Er wirkte schockiert, und sein Blick kehrte zur Straße zurück.

Er war kein Kapitän von Trapp, der sich Handschuhe anzog, um mit mir den Ländler zu tanzen, doch er war *Jeremy*. Der beste Freund meines Bruders. Der Typ, mit dem ich praktisch aufgewachsen war. Und ich hatte ihn vermisst.

Die nächsten zwanzig Minuten verliefen zum Glück ruhig. Jeremy war gezwungen, sogar noch langsamer zu fahren, weil ein Holzlaster vor uns auf der zweispurigen Straße war.

Tiffani murmelte davon, dass sie einen Radiosender mit Weihnachtslieddauerberieselung bis zum Abwinken suchen würde, weil sie hoffte, dass sie dort das Lied spielen würden. Aber ihre Bemühungen förderten nur ein Rauschen zutage, bei dem einem die Trommelfelle platzten. Da das gescheitert war, beschloss sie – nervigerweise – das Thema meinem Liebesleben zuzuwenden, oder dem Mangel eines solchen.

„Also, da du frisch Single bist, ist es vielleicht eine gute Idee, du weißt schon, dieses Wochenende deine Aussichten zu prüfen."

„Aussichten?" Ich sank zurück an meinen Sitz, mein Gesicht wurde heiß vor Verlegenheit. Jeremy hatte von der Trennung erst an dem Tag gehört, bevor wir uns alle getroffen hatten, um die Pläne für unser anstehendes Wochenende zu besprechen.

„Himmel, Tiff, es ist zwei Wochen her? Drei? Lass ihr doch mal Ruhe."

„Genau!", ließ ich mich vernehmen, Jeremys unterstützende Worte wärmten mir das Herz. „Lass es mich doch eine Weile genießen, Single zu sein. Gib mir bloß kein schlechtes Gefühl, weil ich die Ruhe weghabe."

Sie zuckte mit den Schultern und warf dramatisch die Hände in die Luft. „Weshalb solltest du dir ein paar erstklassige männliche Singles entgegen lassen? Jeremy arbeitet bei Draco mit ein paar echt süßen Typen. Natürlich sind ein paar der Kerle dort bereits vergeben, und manche werden ihre Liebsten dabeihaben. Wie ich und Jeremy, Donna und Nathan."

Ich sah Jeremy im Spiegel in die Augen, und seine Augenbrauen zuckten nach oben. Also setzte Tiffani darauf, dass sie beide wieder als Paar schon eine sichere Bank waren, statt nur eines „Versuchswochenendes"? Ich fragte mich, wie Jeremy dazu stand. Ich riss vor ihm die Augen auf, und er zuckte leicht die

Schultern in Tiffanis Richtung, was sie offensichtlich nicht bemerkte.

„Hey – was ist mit Lucas Walker?“

Ich runzelte die Stirn. „Ich weiß nicht mal mehr, wer das ist.“ Mein Blick landete auf dem Lenkrad. Von meinem Platz aus konnte ich sehen, wie Jeremys Finger sich fester darum krallten, seine Handknöchel wurden weiß.

„Du weißt schon … dunkle Haare, große braune Augen. Breite Schultern. Mir kommt er auch vor, als wäre er … sehr kultiviert, Oberklasse, ohne ein Snob zu sein. Am College war er im Ruderclub. Echt heiß.“

Jeremys Kopf wandte sich kurz zu ihr, und sie legte ihm beruhigend eine Hand auf den Arm. Ganz bestimmt war er verstört, wie viel ihr an seinem Kollegen aufgefallen war. Ja, *das* hätte ich ihm sagen können – obwohl ich das nie getan hätte. Tiffani checkte ständig heiße Typen aus. Sie konnte das vermutlich gar nicht abstellen, selbst wenn sie es versuchte.

„Warum fragst *du* ihn dann nicht, ob er mal mit dir ausgehen will?“, murmelte ich.

Sie warf mir einen weiteren scharfen Blick über die Schulter zu, bevor sie betont zu Jeremy schaute. „Ha, *ha*“, sagte sie schließlich. „Aber Jeremy mag ihn, oder?“

Er räusperte sich und sprach dann mit ausdrucksloser, neutraler Stimme. „Ja. Lucas ist ein Netter.“

„Was macht er denn? Management? Programmieren? Oder ist er im Entwicklerteam?“, drängte Tiffani.

„Nichts davon. Er ist der leitende Analyst für unsere Spieletests.“

„Ach echt, er hat eine ganze Abteilung unter sich? Ich wette, der verdient gut Geld.“ Tiffani drehte sich um, um mir über die

Schulter betont einen Blick zuzuwerfen. Geld spielte auf jeden Fall eine genauso große Rolle wie das Aussehen bei ihren Vorstellungen, was Beziehungsmaterial betraf.

„Ist er früh in die Firma eingestiegen?"

Jeremy zuckte mit den Schultern. „Er ist schon eine Weile da, ja."

„Ach, hmm. Ich wette, das bedeutet Aktienoptionen. Als Draco Multimedia an die Öffentlichkeit ging, wurde ein ganzer Haufen dieser Jungs aus der ersten Stunde, die in Aktienoptionen bezahlt worden waren, plötzlich Millionäre. Leider du nicht, Liebling." Sie legte ihm eine Hand auf den Arm, und er warf ihr einen Blick zu, bevor er wieder auf die Straße schaute. An der Art, wie er die Schultern versteifte, bemerkte ich, dass er genervt war.

Und da waren wir schon zwei. Ich wusste es *nicht* zu schätzen, dass ich hier saß und darum kämpfte, mein Mittagessen bei mir zu behalten, während Tiffani mir unbedingt einen Typen verkaufen wollte, den ich kaum kannte.

Tiffani selbst schien schon von Geburt an auf der Jagd nach einem Ehemann zu sein. Ich andererseits hatte eher ein Interesse daran, meinen Abschluss in Journalismus zu machen und dabei das Leben zu genießen. Tiffani studierte auch Journalismus, so hatten wir uns ursprünglich kennengelernt, obwohl sie eigentlich kein großes Interesse daran hatte. Aber in nur einem knappen Jahr würden wir unseren Abschluss haben und auf den Arbeitsmarkt losgelassen.

Vielleicht hatte Tiffani genau davor Angst.

„Wo wir gerade von einer Menge Geld reden, ich habe gehört, die begehrenswerten reichen Kerle werden bald nicht mehr auf dem Markt sein. Ich kann immer noch nicht glauben, dass du keine Einladung zu Adam Drakes Hochzeit abgestaubt hast." Das richtete Tiffani an ihren … Ex? Hoffentlich baldigen Freund? Fast-Ex? Wie sollte ich ihn oder sie zusammen denn nun nennen?

„Ja, sie haben nicht viele Leute eingeladen. Außerdem ist es in der Karibik über Neujahr. Jemand muss doch zu Hause bleiben und aufs Geschäft aufpassen."

Tiffani zuckte mit den Schultern. „Ich hätte über die Feiertage schon an meiner Bräunung arbeiten können. Außerdem hätte es doch Spaß gemacht, zu sehen, wie ein Milliardär heiratet."

„Da kann ich dir nicht helfen, Tiff", schoss Jeremy zurück. Ich musterte sein ansehnliches Profil, während er sich zu ihr wandte, sein Gesicht streng und eindeutig von unterdrücktem Ärger verzerrt. Ich fragte mich ehrlich, weshalb er Tiffani auf dieses Wochenende eingeladen hatte. Es konnte doch nur bedeuten, dass auch er wieder mit ihr zusammenkommen wollte.

Ich stieß beinahe erleichtert ein Seufzen aus, dass sich das Thema geändert hatte, aber das wäre zu früh geseufzt gewesen.

Tiffani wandte ihren Laserblick wieder zu mir. „Also, Michaela, wie steht es? Du solltest es mit Lucas versuchen. Er fährt einen Mercedes."

„Ach, um Himmels Willen", grummelte ich.

„Ich werde dich gleich vorstellen, wenn wir ankommen. Zeig ihm doch einfach deinen natürlichen Charme. Er wäre perfekt für dich."

„Woher weißt du das? Du kennst ihn doch kaum", sagte Jeremy.

Sie zuckte mit den Schultern. „Ich weiß genug. Er ist süß. Er ist finanziell gut aufgestellt. Wir waren auf seiner

Hauseinweihungsparty, Michaela. Du solltest sein Haus mal sehen. Es ist ein tolles kleines historisches Bauernhaus. Und er ist Single und wartet nur darauf, sich in unsere liebenswerte Michaela zu verlieben. Außerdem würden sie zusammen süß aussehen. Mit seinen dunklen Haaren und ihren blassblonden Strähnen."

„Ah, Liebe über die Haarfarbe. Perfekt", sagte Jeremy.

„Wie sieht es denn eigentlich mit den Schlafzimmern aus?" Ich beäugte die beiden auf dem Vordersitz. Der Gedanke, dass sie sich wieder ein Zimmer teilten, zog mir aus Gründen, die ich nicht genau untersuchen wollte, den Boden unter den Füßen weg.

Tiffani knirschte mit den Zähnen und warf Jeremy einen seltsamen Blick zu, während sie sprach. „Donna sagte, das große Schlafzimmer ist für die Paare. Ich schätze, wir waren zu spät dran, um sie wissen zu lassen, dass wir so was wollen, denn die Typen stapeln sich alle auf dem Boden im Wohnzimmer und dem anderen Schlafzimmer."

„Schon okay. Ich habe meinen Schlafsack dabei." Jeremy wirkte überhaupt nicht verärgert. Ich konnte nicht leugnen, dass eine Woge der Erleichterung über mich hinwegging. Sie würden nicht für sich zusammen in einem Zimmer sein. Den Katzengöttern sei es gedankt!

„Wir Mädels werden dann unter dem Dach in den Etagenbetten schlafen. Die Typen unten in ihren Schlafsäcken." Tiffani schaute weg, ihre Stimme klang plötzlich geschlagen und dumpf.

Als ich aufsah, beobachtete Jerry mich im Rückspiegel. Er war vom Highway abgebogen und fuhr ein paar Wohnstraßen entlang, folgte den Anweisungen seines eingebauten Navigationssystems.

Einen kurzen Augenblick sahen wir uns in die Augen, und ich versuchte, das prickelnde Gefühl zu unterdrücken, das ich bekam, wann immer ich in seine schönen Augen schaute. Er schien mir irgendwas mitteilen zu wollen, ohne zu sprechen, aber ich hatte keine Ahnung, was er wollte.

Und die beste Nachricht bisher an diesem Tag – wir waren angekommen. Gerade rechtzeitig, um meinem geplagten Magen weiteres Leid zu ersparen.

Ich hoffte einfach nur, meinem Herzen, so verwirrt es auch schon war, würde genauso viel Glück widerfahren.

KAPITEL ZWEI
JEREMY

TIFF SCHNAPPTE SICH IHRE HABSELIGKEITEN UND SPRANG die Stufen zu dem Blockhaus hinauf, um diejenigen zu begrüßen, die bereits eingetroffen waren. Wenig überraschend überließ sie es Michaela und mir, den größten Anteil der Schlepperei zu übernehmen – die Bierkästen, Lebensmittel, Dekorationen und Geschenke auszupacken, die hinten im Auto verstaut waren.

Auf dem Boden war zusammengebackener Schnee, obwohl die Straßen und der Bürgersteig geräumt waren. Frische, kühle Bergluft drang auf meine Sinne ein, doch der Wind und die dunkelgrauen Wolken am Himmel versprachen später am Tag weiteren Schnee, vielleicht auch heute Nacht.

Ohne sich zu beschweren, hatte Mic die Ärmel hochgekrempelt, sich ein paar Taschen geschnappt und sich ins Zeug gelegt, die Arbeit erledigt zu bekommen, indem sie die Stufen hinaufsprang, ihr hellblonder Pferdeschwanz schwang hinter ihr hin und her. Ich folgte ihr und versuchte zu übersehen, wie toll ihr Hintern in dieser ausgeblichenen Jeans aussah, und wie ich unter ihrem Pulli ihren kurvigen Körper erkennen konnte. Ich schluckte, zwang mich dazu, wegzuschauen und es zu ignorieren. Im letzten Jahr war ich darin echt gut geworden.

Warum war es so schwer, ihre Anziehungskraft jetzt beiseitezuschieben?

Mit zusammengebissenen Zähnen erkannte ich den Grund. Weil sie jetzt Single war.

Und ich war … was immer ich eben war, in diesem seltsamen Zwischenzustand, wo ich am Ende dieses Wochenendes vielleicht eine Beziehung hatte oder vielleicht auch nicht.

Um Gallifreys Willen, die Zeit hatte noch nie auf unserer Seite gestanden, oder? Obwohl ich so frustriert war, konnte ich ein Lächeln nicht unterdrücken, weil mir diese nerdige Anspielung in den Sinn gekommen war. Während ich Michaelas halsbrecherischer Geschwindigkeit zu folgen versuchte, wollte ich auch die Tatsache ignorieren, dass Tiff vorhatte, sie während unseres Aufenthalts hier mit Lucas zu verkuppeln.

Ich musste was sagen, bevor die Dinge zu weit gingen, obwohl das ein wenig Feingefühl erfordern würde. Michaela konnte stur sein, wenn sie beschloss, sich in etwas reinzustemmen. Und ich wollte mir nicht mal annähernd vorstellen, was passieren könnte, wenn sie Lucas tatsächlich mochte.

Sie ging schon zum dritten Mal rein, das Auto war leer, als ich mich vor sie stellte, während ich den Kofferraum meines SUV schloss. „Was Tiff vorhin auf der Fahrt hier rauf erwähnt hat. Was immer du draus machst, ich halte das nicht für eine gute Idee."

Mic wandte sich zu mir, in jeder Hand hatte sie einen Sixpack Bier, ihre blassblauen Augen schauten in meine. Ich wandte mich ab, fühlte mich plötzlich unwohl.

„Was ist keine gute Idee?"

Ich knirschte vor Frust mit den Zähnen. „Lucas."

Sie legte vor mir den Kopf schief. „Und du teilst mir diese Meinung mit, weil …?"

Ich trat von einem Fuß auf den anderen, wodurch ich das Bierfässchen umlagern musste, das locker auf meiner Schulter lag. „Ach, na, zum einen bist du doch gerade erst aus einer Beziehung raus."

Sie grinste breit. „Na ja, du weißt doch, wie es heißt, am besten kommt man über jemanden weg, wenn man sich mit jemand anderem tröstet."

Mein Mund klappte auf, und plötzlich wurde ich von unerwünschten Bildern heimgesucht, was sie mit Lucas anstellen könnte. Der Gedanke daran machte mich wütend. Schon als sie mit Sean zusammen gewesen war, hatte ich mit der Tatsache leben müssen, dass sie zusammen ins Bett gingen. Das hatte mich täglich genervt.

Während unserer jüngeren Jahre hatte es viele Gelegenheiten gegeben, bei denen ich sie hätte fragen können, ob sie mal mit mir ausging. Die längste Zeit war es mir nicht möglich gewesen, über die Tatsache wegzukommen, dass sie die kleine Schwester meines besten Freundes war. Also hatte ich mich ferngehalten, und das war leicht gewesen, da ich in einem anderen Staat auf die Uni gegangen war. Und ihr Bruder Doug war für seinen neuen Job zurück in unsere Heimatstadt gezogen, während ich nach Orange County gegangen war, um meine Arbeit bei Draco zu beginnen. Als ich nach Kalifornien zurückgekehrt war, waren Michaela und Sean bereits fest zusammen gewesen.

Ich hatte mich ehrenhaft verhalten und war einfach nur ein Freund geblieben, obwohl ich angefangen hatte, bei Michaela und ihrer Mitbewohnerin rumzuhängen. Schließlich hatte ich

Tiffani um ein Date gebeten. Sie war schon süß, darum hatte ich mich dazu nicht prügeln müssen. Aber auf eine seltsame und ziemlich miese Art hielt ich darüber, dass ich mich mit Tiff traf, auch Verbindung zu ihrer Mitbewohnerin, ob sie nun in einer festen Beziehung war oder nicht.

Vor ein paar Monaten, nach wiederholten und sinnlosen Streitereien, hatten Tiffani und ich beschlossen, uns anderswo umzuschauen. Zu dieser Zeit hatte ich auch entschieden, dass es zu quälend war, bei Michaela und Sean rumzuhängen. Also hatte ich angefangen, etwas Distanz zu wahren. Es vergingen Wochen, und offensichtlich hatten sie sich endlich getrennt – Neuigkeiten, die ich erst gestern gehört hatte.

Mit Tiff und mir hatte es nie sonderlich gut funktioniert. Ich hatte mir schon Hoffnungen gemacht, als sie sich an mich gewandt und mich gefragt hatte, ob es noch eine Chance gab, aber das war, bevor ich erfahren hatte, dass Michaela jetzt frei war.

Also hatte ich natürlich die dumme Entscheidung getroffen, Mic zu fragen, ob sie zu unserem Versöhnungswochenende mitkommen wollte.

Aber jetzt, als ich in Mics blaue, blaue Augen sah, spürte ich, wie sich etwas in meiner Brust anspannte. Ich wollte meine Chance bei ihr. Endlich.

Wäre das überhaupt möglich, ohne Tiffanis Gefühle zu verletzen?

Mein Gott, ich war *so* ein Idiot.

„Also", Mic legte den Kopf schief und wies mit dem Kinn auf mich, „wieso ist die Tatsache, dass ich mir vielleicht mal Lucas ansehe, ein paar Wochen, nachdem ich mich getrennt habe, irgendwie schlimmer als dein, ähm, Versöhnungsding, das du da mit Tiffani laufen hast?"

Verdammt, es war, als würde sie meine Gedanken lesen. Ich holte tief Luft. „Mic, es ist Folgendes." Ich hüstelte. „Ich habe doch nur gemeint, dass ich ihn nicht für gut genug für dich halte."

Es gab so viel mehr, was ich sagen wollte. Tatsächlich hielt ich keinen Typen für gut genug für sie. Und ich verabscheute den Gedanken, dass sie wieder was mit jemandem wie Sean oder einfach nur *irgendwem* anfing …

Irgendwem, der nicht ich war.

Aber ich hatte Tiffani aufrichtig versprochen, dass wir es noch mal versuchen würden. Wie konnte ich also hier stehen und ganz offen Michaela bitten, auf mich zu warten? Und war das für irgendeine der beiden fair?

Zusätzlich dazu riskierte ich es, dadurch ihre Freundschaft zu ruinieren.

Mein Gott, ich war so ein Esel.

Michaelas Lippen spannten sich an. „Okay. Das ist nett. Aber vielleicht solltest du es mir überlassen, das selbst rauszufinden? Vielleicht" – sie schaute zur Seite und hüstelte – „vielleicht ist das was, was wir *alle* selbst rausfinden müssen, weißt du?" Dann fing sie meinen Blick erneut auf, und ihre schönen babyblauen Augen blickten so intensiv, dass ich schlucken musste.

„Ja … Ja, vielleicht."

Wir schauten uns noch ein bisschen länger an, und etwas zwischen uns kochte hoch. Oder zumindest bei mir tat es das. Ich hatte in letzter Zeit genau aus diesem Grund vermeiden müssen, ihr in die Augen zu schauen.

Plötzlich wurde ich daran erinnert, wie wir Kinder gewesen waren und am selben Block gespielt hatten. Beim Aufwachsen war ich mit ihrem großen Bruder befreundet gewesen. Michaela war öfter mal die Nervensäge gewesen, die wir mitschleppen mussten, wenn seine Mom darauf bestand. Oder manchmal war sie eine interessante Spielgefährtin gewesen – wenn wir uns widerstrebend gestattet hatten, das zuzugeben.

Tiff steckte den Kopf aus der Tür, während wir dort standen und einander anstarrten. „Was ist denn so interessant auf der Schwelle?", fragte sie, dabei kamen ihre Ostküsten-Ursprünge in ihrem Akzent durch.

„Ach, nichts. Wir haben uns nur gestritten, wer zuerst durch die Tür gehen sollte." Wie üblich war Michaela nicht auf den Mund gefallen. Zum Glück, denn ich hätte die Frage wirklich nicht mit „mich in den schönen blauen Augen deiner Mitbewohnerin verlieren" beantworten wollen. Ich seufzte laut und winkte sie rein.

Mit einem Nicken nahm sie meine Geste zur Kenntnis, ging durch die Tür, und ich folgte ihr.

„Michaela", Tiffani packte sie am Arm, sobald sie das Bier auf dem Tresen abgestellt hatte. „Komm her. Es gibt jemanden, den ich dir vorstellen muss!" Tiffani sprach so laut, dass das ganze Haus sie hören konnte. Es war ein geräumiges Blockhaus mit vielen Schlafzimmern und einem weitläufigen Loft darüber. Aus dem Hauptraum öffnete sich ein großes Spielzimmer, komplett mit Billardtisch. Nathan – die Hälfte des Paares, die für die Party Gastgeber und Gastgeberin waren – Lucas und unser anderer Freund aus der Arbeit Stephen standen alle um den Tisch und hielten Billardqueues in der Hand.

Nathans Freundin Donna und der Rest der Gruppe waren noch nicht eingetroffen. Michaela versteifte sich und folgte ihrer Mitbewohnerin wie ein Hund, der zum Baden geschleppt wird, versuchte, den Arm aus Tiffanis Griff zu befreien.

Das könnte eigentlich recht witzig werden. Also folgte ich ihnen dicht auf den Fersen. Ich mochte Lucas ganz gern. Er war verantwortungsbewusst und hatte eine solide Grundeinstellung. Aber er hätte für Michaela nicht falscher sein können. Vermutlich würde sie ihn höflich abweisen, falls er Interesse zeigte. Und da Michaela umwerfend war – hochgewachsen, kurvig, blond, mit dem Gesicht eines Engels – hätte er bestimmt Interesse.

Ich hatte immer gedacht, dass er was für Katya übrig hatte, die süße, offenherzige Rothaarige, die ebenfalls Spieletesterin war. Aber so, wie die beiden oft aneinandergerieten, schienen sie nie zugeben zu können, dass sie einander eigentlich verfallen waren.

Auf jeden Fall zählte ich auf die Tatsache, dass Michaela auf stur schalten würde, weil Tiffani ihr irgendeinen zufälligen Typen vorsetzte. Also musste ich mich nur zurücklehnen und hoffen, dass sie Lucas nicht zu schlimm abblitzen ließ, wenn sie ihn abschoss.

„Lucas Walker, das ist meine Mitbewohnerin Michaela Larsen. Michaela, Lucas arbeitet mit Jeremy."

„Irgendwie schon", sagte Lucas. „Ich erzähle Jeremy, was er alles für Fehler einprogrammiert hat, und das liebt er einfach."

Ich verdrehte vor ihm sichtlich die Augen, konnte aber ein Lächeln nicht unterdrücken. Ja, Entwickler und Spieletester hatten normalerweise in den meisten Gaming-Studios konträre

Beziehungen – Studios, die nicht so gut geführt wurden wie Draco Multimedia auf jeden Fall.

Alle anderen lächelten mit uns, und mir fiel auf, dass Lucas eigentlich ganz charmant sein konnte, wenn er das wollte. Michaela lächelte auch. *Oh, oh.*

Mit einem schiefen Lächeln lehnte sich Michaela vor. Ich erkannte sofort, das hieß, sie fühlte sich unwohl. „Hey Lucas – ich glaube, wir sind uns schon mal begegnet, das war bei dem Picknick letzten Sommer?"

Lucas wandte sich an Michaela, sein Grinsen wurde breiter. „Tatsächlich erinnere ich mich noch." Sein Blick wanderte über ihren Pulli und ihre Jeans, und mir wurde sofort heiß unter dem Kragen, weil ich wütend wurde. „Wie könnte ich das vergessen?"

Sie lachte und schaute mich von der Seite an. Ich biss die Zähne aufeinander und versuchte, den Ärger zu unterdrücken, den ich spürte. Ich fragte mich auch, ob sie sich überhaupt Mühe mit dieser Scharade gegeben hätte, hätte ich es unterlassen, sie überhaupt erst vor Lucas zu warnen. Sie war einfach nur angriffslustig.

„Hat jemand einen Schlitten dabei? Mir ist irgendwie danach, und Donna hat erwähnt, dass ein schöner Hang auf dem Grundstück nebenan ist", unterbrach ich, versuchte, ihre Aufmerksamkeit voneinander abzuziehen. Trotzdem schienen sie einander noch auszuchecken, Michaela hatte ein Lächeln auf dem Gesicht, das überhaupt nicht mehr schief war.

Nathan antwortete, dass er ein paar Reifenschläuche und einen Schlitten dabei hatte. „Warte mal kurz", sagte Tiffani, die neben mich trat und ihren Arm in meinen schob. „Du hast vergessen, dass wir Geschenke einpacken müssen, und ich habe mich freiwillig gemeldet, um Plätzchen zu backen."

Ich runzelte die Stirn. „Das habe ich nicht vergessen."

„Hast du vergessen, dass du mir hilfst? Ich bin die halbe Nacht aufgeblieben, um Plätzchenteig zu machen. Wir müssen sie nur in den Ofen schieben, während wir die Geschenke für das Schrottwichteln heute Abend einpacken." Sie wandte sich an die anderen. „Niemand darf in die Küche schauen. Ich hoffe, ihr habt eure alle dabei."

Nathan stöhnte. „Donna und ihre kitschigen Partyspiele. Ich hoffe, ein paar davon sind zumindest witzige Gag-Geschenke."

„Was sollten denn Geschenke beim Schrottwichteln sonst sein?", fragte Michaela.

„Der Geschenketausch wird sehr viel mehr Spaß machen, nachdem wir uns alle mit ein bisschen heißer Schokolade mit Schuss abgefüllt haben, das garantiere ich", ließ sich Lucas vernehmen.

Michaela bog sich vor Lachen über Lucas' Anmerkung – eine betonte Überreaktion. Lucas war es aufgefallen, und sein Grinsen wurde breiter.

Ich ballte die Faust. *Nur über meine Leiche würde das passieren.*

„Also, wollen wir loslegen?", fragte Tiffani, und sie zog an meinem Arm.

„Äh, was?" Ich verzog das Gesicht, machte mir nicht die Mühe, meinen Ärger zu verbergen.

„Geschenke verpacken und Plätzchen." Sie riss die Augen auf und lotste mich zur Küche.

Ich deutete auf das Fenster und meine Freunde, die gerade in diesem Augenblick ihre Schuhe und Jacken anzogen, um sich den Hang anzusehen, den ich erwähnt hatte. „Aber – Schlittenfahren. Es liegt auch Schnee. Auf dem ganzen Boden!"

„Pfft. Ihr Kalifornier und eure Faszination für Schnee! Ich bin mit dem Zeug aufgewachsen, überall, den ganzen Winter, monatelang, ohne Ende. Es ist echt keine große Sache."

Ich verdrehte die Augen, als sie nicht herschaute, aber ließ mich von ihr ins andere Zimmer zerren. Mit einem letzten Blick über die Schulter erhaschte ich Lucas und Michaela, die weiter miteinander redeten, während er Jacke und Schal nahm, ihre Tasche hochhob und sie nach oben zum Loft trug.

Mist. Warum nervte mich das so furchtbar?

Ich versuchte, meine Gedanken davon zu lösen, während ich beobachtete, wie Tiffani das Geschenkpapier rausholte, Klebeband und Bänder für die Geschenke. Ich hätte das doch tun sollen, während sie den Plätzchenteig auf die Backbleche verteilte, die sie dabei hatte – und die Michaela und ich reingetragen hatten, zusammen mit allem anderen.

Innerlich stöhnte ich, bedauerte die Tatsache, dass ich zugestimmt hatte, während dieses Wochenendes Zeit allein mit ihr zu verbringen, in der Hoffnung, die Gruppenveranstaltung würde den Druck rausnehmen. Ich wollte nicht zurück zu dem ganzen Streit, den wir gehabt hatten. Aber es schien, als wäre sie entschlossen, eine Möglichkeit zu finden, diese Versöhnung auf die eine oder andere Art wahr werden zu lassen.

Wir hatten dieses Wochenende geplant, um unsere hart verdiente Freizeit als Kollegen zu feiern. Und dabei auch noch in Weihnachtsstimmung zu kommen. Wir hatten auf der Arbeit in Zwölf- bis Fünfzehn-Stunden-Tagen malocht, während wir versucht hatten, die neue *Dragon Epoc*-Erweiterung zum Lieferdatum fertig zu bekommen. Wir hatten uns ein bisschen Entspannung verdient – ein wenig altmodischen Weihnachtsspaß, gutes Essen und Getränke für Erwachsene.

Tiff rollte ein Stück Geschenkpapier auf dem Tisch aus und gab mir Anweisungen. In der nächsten dreiviertel Stunde in Geiselhaft schaffte ich es, nicht vor Langeweile zu sterben, während ich ihre Kritik an meinen Verpackungskünsten entgegennahm, wenn sie gerade mal keine Plätzchen zu backen hatte.

Ich tröstete mich, indem ich löffelweise Plätzchenteig stahl, wann immer sie mir den Rücken zugewandt hatte. Und nach draußen durch das Fenster auf die Feiernden im Schnee starrte, bis sie mich antrieb, mich mit dem nächsten Geschenk zu beeilen. Hinten draußen auf dem Hügel lernten sich Michaela und Lucas besser kennen, während sie sich im Schnee vergnügten. Es zog in meinem Herzen, wenn ich sie beobachtete. Ich wollte derjenige sein, der sie mit Schneebällen eindeckte und den Reifenschlauch für sie den Hügel raufzog, damit sie runterfahren konnte, am besten, während ich sie auf dem Schoß hielt.

„Na, sieht aus, als würden sich Michaela und Lucas auf jeden Fall verstehen!", sagte Tiffani, die meinen Blick folgte. Sie schlug einen eindeutig stolzen Unterton an, als würde sie die Lorbeeren einheimsen, weil sie die Kupplerin gespielt hatte.

Ich knurrte, löste meinen Blick, als Michaela Lucas und die anderen Typen mit einem Ansturm aus Schneebällen bombardierte und dann schreiend wegrannte, um sich hinter einem Baumstamm zu verbergen. Auf halbem Weg rutschte sie aus und fiel fast mit dem Gesicht voran in den Schnee. Ich lachte.

„Du bist furchtbar still", sagte Tiffani.

„Ich habe gerade erst das letzte Geschenk fertig eingepackt, ich wäre wirklich gern draußen mit den anderen. Das ist doch langweilig."

Tiff runzelte die Stirn. „Aber ich muss doch noch ein paar Bleche Plätzchen backen. Willst du mir nicht helfen? Sie riechen soooo gut, oder? Du kriegst eins, sobald sie abgekühlt sind."

Ich stieß Luft aus und starrte an die Decke.

Sie riss den Kopf seltsam zurück, sodass sie die Haare von der Schulter nach hinten peitschen ließ, wie sie es immer tat, wenn sie genervt war. „Weshalb versuchst du dich aus der Verpflichtung rauszuwinden, dass du Zeit bei mir verbringst? War das denn nicht die ganze Idee daran, hier raufzufahren? Du hast gesagt, du würdest es aufrichtig versuchen." Am Ende bebte ihre Stimme dramatisch.

Tiffani war vor allem anderen dramatisch.

„Ich würde gern Zeit mit dir verbringen – da draußen." Ich deutete auf das Fenster, wo Lucas und Michaela nun Seite an Seite im Schnee lagen und Schneeengel machten, während sie einander anlächelten. Es war so lächerlich süß, dass ich kotzen wollte.

Und dann wollte ich Lucas so richtig verprügeln.

Aber er war besser in Form als ich, als würde das kein gutes Ende nehmen.

Und außerdem wäre es schon irgendwie komisch, denn eigentlich mochte ich Lucas. Wenn er sich nicht an Michaela ranmachte.

Tiffani verzog das Gesicht, verteilte weiteren Teig auf dem Backblech. „Es ist kalt, und meine Haare sehen blöd aus, wenn sie nass werden. Uns geht es hier drinnen gut. Hier, probier mal zum Trost ein bisschen Teig." Sie schnappte sich einen sauberen Löffel und fütterte mich damit. Ich musste so tun, als hätte ich noch nicht probiert – als hätte ich nicht schon jedes Mal ein wenig gestohlen, wenn sie mir den Rücken zugewandt hatte.

Meine Augen wurden groß – ganz bestimmt auf komische Art. „Mmmm. Lecker." An der Eingangstür gab es Lärm, vermutlich, weil die letzte Gruppe Leute für das Wochenende eintraf. Vielleicht würde ich durch die Ablenkung meine Gelegenheit bekommen, nach draußen zu gehen.

Ich biss die Zähne zusammen und spielte mit, damit sie nicht genervt sein würde. Wenn Tiffani genervt war, machte es keinen Spaß mehr, um sie zu sein.

Bald folgte die neu eingetroffene Gruppe dem Duft der Plätzchen in die Küche. Wie zu erwarten, führte Donna das Rudel an. „O mein Gott, Tiffani! Die riechen so gut!"

Tiffani strahlte Donna an. „Vielen Dank. Sie schmecken sogar noch besser."

Donna folgte ganz dicht eine weitere Frau – der Anblick von Bergen aus tollem, dunkelrotem Haar war mein erster Hinweis. Das breite, freundliche Lächeln mein zweiter. Katya, die Spieletesterin.

Obwohl das eine interessante Entwicklung war, denn ich war mir sicher, dass Lucas was für sie übrig hatte. Und wenn sie da war, vermasselte das vielleicht die ganze Kuppelei zwischen Lucas und Michaela.

Ich war noch nie so froh gewesen, jemanden auftauchen zu sehen.

„Diese Plätzchen riechen mega. Hey, Tiffani."

„Katya!" Tiffanis Augen wurden groß. „Ich wusste nicht, dass du kommst. Willkommen."

Die hübsche Rothaarige grinste. „Donna sagte, ihr hättet ein freies Bett, und ich fahre, äh, über Weihnachten nicht nach Hause, also hatte sie Mitleid mit mir."

Kat beugte sich vor und streckte den Arm aus, um mir eine Faust anzubieten, gegen die ich nur zu gerne stieß. Vielleicht konnte ich sie überreden, Tiffani mit den restlichen Plätzchen zu helfen, damit ich das nicht tun musste.

„Du fährst an Weihnachten nicht nach Hause nach Kanada?", fragte Tiffani. „Wie traurig."

Donna schaute sie an und grinste. „Sei nicht traurig für sie, sie geht nächste Woche auf die Hochzeit des Jahrzehnts, also …" Donna hob einen Finger vor Katya und gab ein zischendes Geräusch von sich, als wäre sie zu heiß zum Anfassen.

Alle lachten und gaben verschiedene Kommentare ab, weil sie eines der seltenen goldenen Tickets zu der schicken karibischen Hochzeitsparty ergattert hatte. Ich glaubte, mich zu erinnern, dass sie gut mit der Braut befreundet war, darum ergab das schon Sinn.

Tiffanis Augenbrauen gingen hoch, und sie warf mir einen fast vorwurfsvollen Blick zu, als würde ich ihr ein goldenes Ticket vorenthalten, über das ich verfügte. „Na, wir wissen jetzt, wer sich über Neujahr in die Sonne legen kann."

Katya lachte. „Ich? Nein, als Kanadierin verbrennt meine Haut in der Sonne, als wäre sie Bacon. Ich bin dann diejenige unter dem großen Sonnenschirm, die zu viel anhat." Ihr Blick huschte durch die Küche. „Also, kann ich dir helfen, den Rest hier zu backen?"

„Willst du nicht nach draußen gehen?", fragte Tiffani. „Sie spielen alle im Schnee."

„Nicht mehr", sagte jemand, der hinter Kat ins Zimmer kam. Er hatte seine Jacke und seine Stiefel ausgezogen und stand in Socken und nasser Jeans da.

Es war Lucas. Sein Gesicht hatte sich verändert, als er Katya gesehen hatte. Seine Miene war nüchtern und undurchsichtig geworden, seine Haltung hatte sich versteift, und er fuhr sich mit einer Hand durch die Haare.

„Jedi-Junge! Niemand hat mir gesagt, dass du dich tatsächlich dazu herablässt, mal rumzuhängen und Spaß zu haben", sagte Katya mit einem gespielten Schlag auf seine Schulter.

Er kniff die Augen zusammen. „Und was machst du hier oben im Schnee, Cranberry? Kanadier leben doch das ganze Jahr in Iglus, oder?"

„Wow, halte doch mal deine Begeisterung in Zaum, dass du mich hier siehst." Sie grinste.

Nathan trat ein, auch er hatte seine Handschuhe ausgezogen. Ich schätzte, das bedeutete, dass das Spielen draußen vorerst offiziell beendet war. Gerade, als Katya reingeschneit war, um mich von meinen Back-Pflichten zu befreien. Na, das nervte.

Nathan wies mit der Hand mehrmals auf Katya und Lucas. „Ihr beiden müsst einen Waffenstillstand schließen, während ihr da seid. Ich habe null Verlangen danach, zwischen euch wieder den Schiedsrichter zu spielen."

Katya hob die Handflächen. „Hey, ich bin ein braves Mädchen. Keine Probleme. Ich habe uns sogar einen Weihnachtsbaum mitgebracht! Wir haben einen Baumverkauf auf unserem Weg hierher gesehen, und ich habe Donna anhalten lassen, damit ich einen holen kann. Vielleicht könntet ihr Typen ihn oben vom Auto holen und reinbringen?"

Lucas verzog vor ihr das Gesicht. „Du hast einen ganzen Baum gekauft? Ist es dir vielleicht in den Sinn gekommen, dass wir keinen Schmuck dafür haben?"

Sie zuckte mit den Schultern. „Ich liebe den Geruch eines Tannenbaums im Haus. Wer denn nicht? Sei doch kein Grinch. Hol ihn einfach.“

„Ich wette, es gibt bestimmt ein paar Verzierungen oder anderen Schmuck auf dem Speicher oder im Keller“, ließ sich Tiffani vernehmen. „Jeremy, warum siehst du nicht nach?“

„Ich bezweifle, dass es hier einen Keller gibt. Die Häuser in der Gegend haben keine“, erwiderte ich.

Sie riss vor mir die Augen auf, war deutlich genervt. „Dann im Speicher. Oder im Vorratsschrank oder so was.“

Katya drängte sich an mir vorbei und fing an, schmutzige Löffel und Teller aufzusammeln und sie in die Spüle zu stellen, dann schnappte sie sich einen Spatel. „Wo brauchst du mich denn, Tiffani?“

„Bin ich also mit dem Backen vom Haken?“

Tiffani scheuchte mich mit einer Geste weg. „Such den Weihnachtsschmuck.“ Dann lächelte sie Katya breit an, und sie begannen über Rezepte, Kochzeiten und Backzutaten zu plaudern.

Also raus aus der Bratpfanne und auf den Speicher. Mit einem Seufzen begab ich mich nach oben, während ich vor mich hin grummelte. Ich versuchte auch, nicht zu bemerken, dass Michaela Lucas durch die Eingangstür folgte, um zu helfen, den Weihnachtsbaum reinzuholen.

So eine Scheiße. Und so viel dazu, mit dem Schlitten den Hang nebenan runterzufahren. Oder eine gute Zeit mit Mic zu verbringen.

KAPITEL DREI
MICHAELA

ICH VERSUCHTE ES. EHRLICH, ICH HÄNGTE MICH WIRKLICH rein, mit einem anderen Typen zu reden und nicht zu viel an Jeremy zu denken. Ich musste darüber hinwegkommen – was immer es war. Es fühlte sich an wie etwas, dem ich kein Vertrauen schenken sollte. Wie eine ausgewachsene Vergötterung, die aus meinem Beziehungskater erwachsen war.

Ich hatte insgeheim immer ein paar Gefühle für Jeremy gehegt, aber ich hatte einfach angenommen, dass sie auch geheim bleiben würden. Aber man weiß ja, wie das mit Annahmen und der eigenen Dusseligkeit so ist. Seufz.

Obwohl Sean und ich uns im Einverständnis getrennt hatten, bedauerte ich es vermutlich immer noch. Und ich wusste es besser, als meinen eigenen Gefühlen zu vertrauen. Es war zu früh – auf jeden Fall nicht der richtige Zeitpunkt, um sich auf jemanden einzulassen. Selbst wenn derjenige Jeremy war.

Besonders, wenn derjenige Jeremy war, der beste Freund meines Bruders, ein Freund meiner ganzen Familie. Und der Ex meiner besten Freundin oder vermutlich bald nicht mehr Ex? Würden wir je was miteinander anfangen, könnte das alles so richtig vermasseln, wenn es dann zwischen uns nicht gut lief.

Was ich aber auf jeden Fall gebrauchen konnte, war ein Abenteuer. Und Lucas war sehr viel süßer, als ich ihn in Erinnerung hatte. Selbst unter diesem dicken Pulli erkannte ich, dass seine Arme trainiert waren, er war hochgewachsen, mit dunkelbraunen Haaren und verträumten Augen, die fast dieselbe Farbe hatten.

Und obwohl ich in meine Tasse mit warmem Apfel-Cider einen Schluck Fireball-Whisky gegeben hatte, brauchte ich keine alkoholisierte Brille, um zu sehen, wie heiß er war. Auf jeden Fall gut für ein Abenteuer.

„Wie hast du Jeremy und Tiffani kennengelernt?", fragte Lucas in unserer kleinen Ecke des Wohnzimmers. Er hielt sich die eigene Tasse an die Lippen und nippte vorsichtig, während er die Augen in Richtung Küche wandte.

Ich folgte seinem Blick dorthin, wo Tiffani und Katya die Plätzchen fertig buken. „Ich bin mit Jeremy aufgewachsen. Er und mein Bruder waren in der Highschool beste Freunde. Letztlich gingen wir auf unterschiedliche Universitäten, aber er kam nach dem Abschluss nach Orange County, um bei Draco zu arbeiten. Ich gehe an die UCI, und damals war er neu in der Gegend, darum haben wir eine Menge Zeit miteinander verbracht."

Sein Blick huschte wieder zu mir. „Aber ihr zwei wart nicht zusammen?"

Ich wedelte heftig mit der Hand – zu heftig. „Äh … nein. Ich war damals mit jemand anderem zusammen, aber das ist inzwischen vorbei. Und Jeremy hatte was mit meiner Mitbewohnerin – daher kenne ich Tiffani. Den Teil der Frage hatte ich ja nicht beantwortet. Tiffani und ich wohnen inzwischen schon eine Weile zusammen."

Es gab eine unangenehme Pause, in der wir beide einander anschauten und an unseren Tassen nippten. Ich räusperte mich. „Was ist mit dir und Katya? Ihr beiden scheint … ziemlich konträr."

Er zuckte mit den Schultern und schaute weg. „Wir arbeiten zusammen. Spieletests sind eine stressige Arbeit."

„Na ja, deine ganzen Kollegen wirken echt supercool. Ich meine, ich kenne Jeremy, aber die anderen … Nathan, Donna, Katya."

Ein gewisser Ausdruck stand in seinen Augen, als ich den letzten Namen erwähnte, aber der verschwand so schnell, dass ich mich nicht darauf stürzte. „Ja, Jeremy und ich schaffen es, herzlich miteinander umzugehen, obwohl wir so richtige Rivalen sind."

Ich hob die Augenbrauen. „So richtige Rivalen?"

Er nippte noch einmal rasch und nickte dann. Ein kurzer Blick ging durch den Raum hinter mir, dorthin, wo ich wusste, dass Jeremy saß. „Ja, wir sind für denselben Job im Gespräch, eine ziemlich heftige Beförderung."

Ich blinzelte. „Aber ihr beiden seid doch in völlig unterschiedlichen Abteilungen und macht komplett unterschiedliche Arbeit."

„Wir wollen beide die neue Abteilung für Virtual Reality leiten, die gerade auf die Beine gestellt wird. Draco hat letztes Jahr eine weitere Firma gekauft, die nun in die Hauptfirma eingegliedert wird. Aber er und ich und ein paar andere versuchen den Job zu kriegen."

Ich blinzelte. „Ach, wow."

Er runzelte die Stirn. „Ich kann nicht glauben, dass dir Jeremy davon nichts erzählt hat. Das läuft schon ein paar Monate. Es gab

Tausende Bewerber sowohl intern als auch von außerhalb der Firma. Jetzt haben sie es auf die letzten sechs reduziert."

Ich schüttelte ungläubig den Kopf. „Klingt wie eine Gameshow."

Er lachte. „Mit einem ziemlichen Preis."

Ich lächelte. „Na ja, ich würde dir ja Glück wünschen, aber ich schätze, ich muss irgendwie Jeremy die Daumen drücken."

Er machte dazu keine Anmerkung, und die Unterhaltung wandte sich bald Filmen zu.

Letztlich verstanden wir uns stattdessen wegen unserer Liebe zu Superhelden-Blockbuster-Filmen. Wir waren gerade mitten dabei, zu streiten, wer in einem Kampf gewinnen würde – Wonder Woman oder Captain Marvel. Es war ein intensives Gespräch, bei dem wir uns vorbeugten, während wir plauderten. Aber unsere Diskussion wurde von einem Teller frischgebackener Plätzchen unterbrochen, die ziemlich betont zwischen uns geschoben wurden.

Ich schaute auf, um Tiffani für ihre Fürsorge zu danken, sah aber stattdessen lange, rote Haare. Katya wedelte mit den Plätzchen vor Lucas. „Iss auf. Plätzchen sind doch Essen für junge Jedis."

Stattdessen schob Lucas den Teller bestimmt von sich weg zu mir. „Ich vertraue nicht darauf, dass du nicht irgendwas Giftiges nur für mich in diese Plätzchen eingebacken hast. Vielleicht hast du sie auch mit Abführmittel versetzt."

Die süße Rothaarige lächelte fies. „Alles ganz bewundernswerte Ideen, das stimmt schon. Leider kommt das Rezept von Tiffani, und sie hat den Teig gemacht, also … verpasst du was. Sie sind echt lecker."

Ich nahm ein Plätzchen von ihr und beobachtete, wie sie einen nicht zu deutenden Blick von Lucas zu mir warf, dann wieder zurück, bevor sie zur nächsten Traube Leute weiterging, ohne etwas zu sagen.

Ich biss in das Plätzchen, verbrannte mir fast die Zunge. Aber meine Güte, es hatte sich gelohnt, denn es war warm und klebrig und schmolz in meinem Mund. Das war das Rezept von Tiffanis Großmutter, und es war zum Sterben gut. Ich wedelte damit vor Lucas. „Du verpasst echt was."

Er hob eine Hand. „Mein innerer Frieden ist diesen Verlust schon wert, glaub mir."

Ich schaute zu Katya und dann wieder zurück zu ihm. „Warum nennt sie dich immer Jedi-Junge?"

Er verdrehte die Augen. „Ich heiße Lucas Walker, und sie ist vermutlich der einzige Mensch der Welt, der diesen Zufall für witzig hält. Besonders, da ich *Star Wars* verabscheue. Nur so nebenbei, mein zweiter Vorname lautet nicht Kai, obwohl sie wirklich versucht hat, dieses Gerücht in die Welt zu setzen."

Ich schob mir den Rest des Plätzchens in den Mund und kaute fest darauf, wenn auch aus keinem anderen Grund, als mich am Lachen zu hindern. Oder daran, ihm zu erzählen, dass Katya auf keinen Fall die Einzige auf der Welt war, die das für witzig hielt.

Stunden später, nach einem leckeren Abendessen mit Spaghetti und frischem Knoblauchbrot, verkündeten Nathan und Donna den Plan für den Abend. Es klang nach einer zermürbenden Explosion festlicher Freuden. Ein Wettbewerb im Schneemannbauen, Weihnachtslieder-Karaoke, Spiele und dann spät nachts ein Weihnachtsfilm.

Huch, konnten wir nicht einfach zum Film vorspringen, bitte? Ich hatte viel zu viele Spaghetti gegessen, um zu versuchen, meine verirrten Gefühle zusammen mit meinem Essen zu schlucken. Außerdem war es draußen bitterkalt.

Donna und Tiffani, unsere Preisrichterinnen, entschieden sich, drinnen zu bleiben und zu dekorieren, während wir unsere schneeigen Werke schufen. Wir übrigen waren in Zweierteams eingeteilt, um Schneemänner zu bauen. Ich packte mich gut ein – überzeugt, dass ich am Ende wieder klatschnass sein würde, wie heute Nachmittag.

Aber es war immer noch *scheiße kalt* da draußen.

Wir stellten uns in unseren Teams auf, etwa drei Meter voneinander entfernt. Der Wind nahm zu, und wir bibberten alle. Nathan sagte: „Je eher ihr alle zugebt, dass ihr geschlagen seid, desto schneller kommen wir wieder zurück nach drinnen.“

Jemand warf ihm einen Schneeball an die Schulter und sagte ihm, er sollte sich nicht so Pose werfen.

„Kommt schon! Hier draußen ist es kälter als im Pinguinarsch“, sagte Katya, die sich wild die Hände in den Handschuhen rieb. Sie war im Team mit Nathan. Lucas und der Typ, dessen Namen ich immer wieder vergaß, waren ein Team weiter.

„Ist das nicht wie ein tropischer Sommertag in Kanada, Cranberry? Dein Wohn-Iglu würde doch bei so einem Wetter glatt schmelzen.“

Sie zeigte ihm den Mittelfinger. Es wirkte alles ziemlich komisch, sie in ihrer riesigen schwarzen Mütze mit einem gigantischen roten Ahornblatt auf der Seite und einem großen roten Bommel darauf.

„Du bist mutig unter deiner Mütze, was?“, rief Nathan.

„Du kannst ihm doch nicht den Stinkefinger zeigen, das ist unhöflich!“, sagte wie-hieß-er-noch-gleich.

Aber Katya teilte genauso gut aus, wie sie einsteckte. „Ich würde ja drohen, dich ins Krankenhaus zu schicken, Lucas, aber wir sind in den Vereinigten Staaten, das würde dich das finanziell völlig ruinieren. Also werde ich dir nur bei diesem Wettbewerb den Arsch versohlen, anstatt in echt, du Yankee-Pissnelke.“

Daraufhin wurde gerufen: „Ooooh! Das tat weh“, und „Die Wette gilt!“

Zu unserem Glück hatte sich Jeremy, mein Partner, einen einzigartigen Plan ausgedacht, einen, den er mir erst kurz, bevor wir das Haus verlassen hatten, mitgeteilt hatte. Unter seiner Jacke hatte er einen Pümpel in ein altes Handtuch eingeschlagen und ihn versteckt.

In dem Augenblick, in dem wir anfingen, unsere Schneemänner zu bauen, zog er ihn heraus und legte ihn auf dem Schnee ab, wo die anderen ihn nicht sehen konnten.

Anfangs hatte ich nichts verstanden. „Frosty hat doch einen Besen, keinen Pümpel“, hatte ich ihm zugeflüstert.

Er hatte vor mir mit den Augenbrauen gewackelt, ganz süß und von sich überzeugt. „Wir bauen doch keinen Frosty. Ich baue einen Schnee-Dalek. Das“ – er hielt den Pümpel hoch – „wird der Greifarm.“

Mit dieser witzigen und anspornenden Idee – und zugegeben, mit Jeremy als meinem Partner – war ich plötzlich aufgeregt. „Krasse Idee!“ Ich schnappte mir ein paar große Batterien und eine Plastiktaschenlampe, die als Laser und die beiden Lichtableiter darauf dienen sollten. Und der Pümpel würde der Greifarm sein. Da wir beide ganz versessen auf *Doctor Who* waren – oder eben „Whovians“ – war es perfekt.

Unsere bibbernden Schiedsrichterinnen schauten von ihrem Balkon oben auf uns herab. Und sobald sie verkündet hatten, dass die Zeit lief, verschwanden sie nach drinnen, während wir uns wie wild auf die Arbeit stürzten.

„*Allons-y!*", rief Jeremy sehr zu meiner Erheiterung.

„Eliminieren! Eliminieeeerrren!", summte ich.

Wir brauchten viel zu lang, um rauszukriegen, wie der alte Schnee zusammenhielt, um den Sockel für unseren Schnee-Dalek zu bauen. Wir rollten ihn, und genauso schnell löste er sich wieder in einen nassen Schlamassel auf.

Wir wurden von den anderen gepiesackt, von denen ein Team einen traditionellen – *langweiligen!* – Schneemann baute, und das andere ein Iglu. Das war das Team von Lucas, der es vermutlich machte, um Katya wieder auf die Nerven zu gehen. Während wir unser Meisterwerk kreierten, spielten wir es hoch, brüllten uns die typischen Sätze unserer liebsten Doktoren entgegen. „*Fantastisch!*" Und „*Geronimo!*"

Aber unser Dalek wurde toll, und die anderen stöhnten, als ihnen klar wurde, was wir machten, und beschwerten sich, dass es ihnen nicht zuerst eingefallen war. Dann bestimmte Katya, dass sie eine TARDIS bauen sollten, und wir sagten, das wäre abgekupfert, also taten sie es nicht.

Letztlich war es alles umsonst. Weder Donna noch Tiffani erkannten unseren Geniestreich. Der Original-Schneemann war zerfallen, bevor die Preisrichterinnen herauskamen, um ihn sich anzuschauen, und damit gewann das Iglu.

Während der Rest nach drinnen lief, um sich aufzuwärmen, blieben Jeremy und ich zurück, um die Gegenstände einzusammeln, die wir aus dem Haus geholt hatten, um den Dalek zu bauen, damit sie nicht verloren gingen.

Ich schaffte es, ein paar hochwertige Schneebälle in Jeremys Richtung abzufeuern. Dann jagte er mich um den Baubereich, und wir demolierten dabei das Gewinner-Iglu. Ups.

Er rang mich zu Boden, und ich war nass und bebte, hatte aber einen Riesenspaß.

„Gib auf, Mic." Es war ganz wie damals, als wir uns als Kinder gekitzelt hatten.

Ich kreischte, stieß die Fersen in den schneebedeckten Boden und schüttelte wild den Kopf. „Das kannst du vergessen! Ich gebe nie auf."

Dann nahm er einen Packen Schnee in die Hand und gab mir eine Abreibung, bis mein Gesicht ganz taub war. „Ich gebe auf! Und Fliegen sind cool!", brüllte ich.

Er gab ein schnaubendes Lachen von sich, und es kam in einer großen weißen Wolke aus seinem Mund.

Unser Wettringen war so schnell vorbei, wie es angefangen hatte, und plötzlich verlangsamte sich die Zeit. Wir waren allein hier draußen, und er lag auf mir, seine Hände hatten fest meine Handgelenke umfasst.

„Ich spüre mein Gesicht gar nicht", hauchte ich.

Er beugte sich vor und drückte seine Wange an meine. „Hilft das?"

Durch die Taubheit spürte ich, wie rau seine Barthaare waren, und einen Hauch Hitze von seiner Wange, der sich durch die Kälte brannte, um mich aufzuwärmen.

Mein Herz raste wie ein wildes Fohlen. Ich schluckte, er zog sich zurück, sein Blick traf wieder auf meinen. Ich schaute hinauf in seine tiefgrünen Augen, und in meiner Brust zog sich etwas zusammen, sodass ich sogar noch schlechter Luft bekam.

Ach, Jeremy ... mit seinen dunklen Haaren, seiner hochgewachsenen, schlanken Figur, er war einfach – er war es schon immer gewesen – ein heißer Typ – der heiße Typ, den ich aus vielerlei Gründen nicht haben konnte.

Aber rief ich mir das etwa in Erinnerung, als sein Gesicht sich näherte, langsam zu meinem herabsank, der Mund offen und bereit, sich auf mich zu stürzen und mich zu küssen?

Nein. Ich konnte nur daran denken, wie sehr ich das wollte. Wie toll es sich anfühlen würde, ihn endlich zu küssen, wo doch das, was dem am nächsten gekommen war, eine Knutschübung mit ihm durch mein Kissen in der siebten Klasse gewesen war.

Ich wäre sofort an Verlegenheit gestorben, hätte das jemals jemand herausgefunden. Aber jetzt schien es, als würde ich einen Vorgeschmack auf die echte Ware bekommen.

KAPITEL VIER
JEREMY

ICH KONNTE SIE NICHT *NICHT* KÜSSEN. WIE SIE DA IM SCHNEE lag, mit ihren blonden Haaren vor dem Weiß ausgebreitet, ihre Wangen gerötet von der Kälte. Sie war mehr als nur schön.

Meine liebenswerte, süße und nerdige Michaela.

Diejenige, deren Lippen ich unbedingt schon seit der neunten Klasse hatte schmecken wollen. Die Art, wie sie mich in diesem Augenblick ansah. Ihre blassblauen Augen auf meinen Mund gerichtet, als wäre sie genauso versessen darauf wie ich …

Ich beugte mich vor, um diese Lippen mit meinen einzufangen, um endlich einen Geschmack von dem zu bekommen, was ich mir schon so lange wünschte. Es war mehr als nur Neugier, und obwohl wir uns in der Vergangenheit nie geküsst hatten – oder dem auch nur nahegekommen waren –, fühlte es sich ganz natürlich an, es in diesem Moment zu tun.

Mein Atem glitt zwischen meinen Lippen hervor, und gerade, als mein Mund traf, wandte sie den Kopf. *Und …*

Ich küsste die harte Kante ihres Kinns, anstatt diese herrlichen Lippen zu schmecken.

Na, wenn das mal nicht nervte.

Ich zog mich sofort zurück, ließ sie hoch. „Tut mir leid. Ich dachte, du wolltest …“

Sie richtete sich auf, schüttelte sich Schnee aus den Haaren und schniefte in der kalten Luft. „Ach, ich wollte schon.“ Sie räusperte sich und schüttelte heftig den Kopf. „Aber wir sollten nicht.“

„Wie …“

„Hey, ihr zwei!“, rief eine Stimme vom Balkon herab. Ich schaute auf. Es war Tiffani. Mir stand der Mund offen. Wäre sie nur eine halbe Minute früher rausgekommen …

Schuldgefühle packten mich. Michaela sprang auf. „Wir sind hier, uns geht's gut!“

„Wir warten auf euch beide. Es gibt heiße Schokolade mit Plätzchen und dann ein Spiel. Kommt rein und wärmt euch auf. Außerdem haben wir geschmückt. Wartet, bis ihr das seht!“

Michaela und ich wichen dem Blick des jeweils anderen aus, während wir nach drinnen gingen. Ich griff nach dem Türknauf, zog ihn auf und ließ sie zuerst reingehen, und …

Wow. Aus der Stereoanlage dröhnte Bing Crosbys Stimme, die *White Christmas* sang, und in unserem Häuschen war es das auf jeden Fall. Überall gab es blinkende bunte Lichter. Der Baum, den Katya mitgebracht hatte, war völlig geschmückt, mit Lametta und den bunten Glaskugeln, die ich auf dem Speicher gefunden hatte. Es gab einen goldenen Stern oben, und Zuckerstangen, die Tiffani mitgebracht hatte, auf fast jedem Zweig. Zusätzlich hatte ich tonnenweise Weihnachtsbeleuchtung gefunden, und die war einfach *überall*.

Bunte Lichter flimmerten rund um den Baum. Weiße Eiszapfenlichter hingen vom Balken des Lofts oben, und das Holzgeländer an den Treppen war mit einer glitzernden

Girlande mit roten und grünen Lichtern umwickelt. An der Decke hingen Aberdutzende handgeschnittene Schneeflocken aus weißem Papier. Selbst wenn die normalen Lichter oben aus waren, leuchtete der ganze Raum in buntem Festtagslicht – bis hin zu den batteriebetriebenen „Kerzen", die Donna in einer Schublade gefunden hatte, für den Fall, dass der Strom ausfiel.

„Wie lang waren wir denn draußen?" Michaela starrte Donna und Tiffani an. „Das ist einfach toll."

„Wir Weihnachtselfen arbeiten schnell", sagte Tiffani lachend. „Frohe Weihnachten! Jetzt kommt rein und wärmt euch auf."

Wir nippten an unserer heißen Schokolade – mehr Kokosrum als heiße Schokolade. Das Zeug war *stark*. Tiffani hatte mir meine gegeben und mir dabei einen Kuss auf die Wange gedrückt. Dann hatte sie erwähnt, dass sie uns beiden eine Extradosis Alkohol spendiert hatte, um uns besser aufzuwärmen.

Michaela schaute mich an, blinzelte, dann lächelte sie Tiffani schief an, während sie ihre heiße Kokosrumschokolade schneller hinunterstürzte, als ich es ihr geraten hätte. Ich hatte noch niemals mitbekommen, dass Michaela Alkohol gut vertragen hätte. Sie war das ultimative Leichtgewicht. Obwohl ich jeden Typen verprügelt hätte, der das sah und sie für „leicht zu kriegen" hielt.

„Wollen wir über das Spiel reden, während die beiden wieder auftauen?", fragte Donna, die aufgeregt in die Hände klatschte.

„Ich glaube nicht, dass irgendwer hier im Raum verhindern könnte, dass du darüber redest", scherzte ihr langjähriger Freund Nathan.

„Na ja! Wir werden unsere ganz eigene besondere festliche Version von Sardinenbüchse spielen."

„Was bitte jetzt?", fragte mich Michaela, während sie aufstand, schon ein wenig wankend. Sie hatte ihre Tasse schnell ausgetrunken und hielt sie nun Tiffani hin, um mehr zu kriegen. „Was ist denn das?"

Donna lächelte. „Na ja, wir nennen es Schokonikoläuse, aber es ist eigentlich Sardinenbüchse. Einer versteckt sich, während der Rest von uns draußen wartet. Man sucht im Haus nach dem Schokonikolaus – dem oder der Versteckten – und wenn man fündig wird, versteckt man sich dazu."

„Oh!", rief Michaela, die ihre neu aufgefüllte Tasse schwenkte. „Also ist es so ähnlich wie Sardinenbüchse."

Donna blinzelte, und alle anderen lachten laut. Tiffani lächelte und tätschelte Michaela den Rücken. „Sie hatte … schon so einiges."

„Dann sollte sie der Schokonikolaus sein", sagte Donna. „Was meint ihr, Leute? Sollte es Michaela werden?"

Während alle jubelten, nippte Michaela weiter an ihrer Tasse, dabei schüttelte sie wild den Kopf und sagte: „Nein, nein. Schlechte Idee. Bloß nicht."

„Du bist es, Michaela. Nimm es an."

Aber sie schaute sich verwirrt um und runzelte die Stirn. „Hmpf, okay, solange ich nicht rumlaufen und mich wie ein Idiot benehmen muss, denn mir wird allmählich ernsthaft schlecht. Also was zum Geier mache ich noch mal?"

„Zieh sofort los und such dir ein Versteck. Wir werden kommen und dich suchen."

Mein Blick wanderte an Michaela hinab, die nun weniger anhatte als vorhin, als wir draußen gewesen waren. Ihre Jeans war immer noch feucht vom Schnee, aber sie klebte an ihren kurvigen Oberschenkeln. Ihr Pulli lag wie immer eng um ihre Brust und betonte ihre atemberaubenden Kurven. Sie hatte sich die kalten Füße in riesige Ugg-Boots gesteckt und wirkte weich genug, um sie zu knuddeln.

Und küssen.

Und verdammt, da sie mir gesagt hatte, dass sie mich auch hatte küssen wollen, war das alles, an das ich jetzt noch denken konnte. Ich wollte es. Sie wollte es. Und wir brauchten nur einen hübschen Ort für uns, wo wir diese Möglichkeit erkunden konnten.

Ich schluckte, während die erregte Hitze fast drohte, mich von innen zu verbrennen. Sie wandte sich ab, während wir hinausgingen, um auf der vorderen Veranda bibbernd bis fünfzig zu zählen, während wir ihr Zeit gaben, sich zu verstecken. Da ich der letzte war, der durch die Tür ging, konnte ich erspähen, wie sie langsam die Stufen hinauf in das Halbdunkel verschwand. Ich hatte eine gute Vorstellung, wo sie sich oben vielleicht verstecken mochte. Es gab nur ein paar Optionen, und das waren alles Schränke. Ich kannte mich bestens aus, denn ich war derjenige, der vorhin den Auftrag bekommen hatte, nach dem Weihnachtsschmuck zu suchen.

Ich machte es zu meiner Mission, sie als erster zu finden.

Denn wir hatten noch was zu erledigen, und ich war entschlossen, es auch zu Ende zu bringen.

Kapitel Fünf

MICHAELA

Da die meisten Lichter, außer denen am Weihnachtsbaum, abgeschaltet waren, musste ich mich nach oben über die Treppe vortasten, während ich hörte, wie Donna draußen auf der Veranda laut zählte.

Ich erinnerte mich an den seltsamen kleinen Eckschrank, der hinten um die Ecke zwischen den Stufen zum Speicher und dem Bad neben dem Loft führte. Er war nicht sofort offensichtlich und wirkte wie ein Schrank für einen Boiler. Ich hatte ihn vorhin schon geöffnet, weil ich gehofft hatte, dass darin Bettwäsche war, aber ich hatte ihn leer vorgefunden, bis auf ein wenig Winterausrüstung für die Hütte, Schneeschaufeln und so was in der Art. Zum großen Teil war er leer und würde perfekt sein, um mich – und vielleicht ein paar andere – zu verstecken.

Ich stieg die Stufen hinauf, versuchte kein Geräusch von mir zu geben – aus irgendeinem Grund paranoid, dass sie mich draußen hören konnten. Vielleicht bewegte ich mich ein bisschen zu langsam, denn als ich hörte, wie Donnas Zahlen sich der Hundert näherten – der abgemachten Zahl – bekam ich Panik.

Sie waren Sekunden davon entfernt, ins Haus zu kommen und mich zu suchen. Ich huschte in den Schrank, schloss ihn langsam und so leise, wie es mir möglich war, während ich versuchte, die Panik abzuwehren, dass ich zu spät dran war und sie mich bereits gehört hatten. Es reichte aus, dass mein bereits brodelnder Magen sich vor Furcht zusammenzog.

Die Eingangstür öffnete sich, und ich konnte hören, wie Leute unten in die Küche schwärmten, wie Schränke geöffnet und geschlossen wurden. Bevor auch nur eine Minute vergangen war, ratterte der Türgriff an meinem Versteck. Leise öffnete sich die Tür, und ohne ein Wort schlüpfte eine große Gestalt herein. Woher wusste er überhaupt, dass ich da war? Er hatte sich nicht mal einen Augenblick Zeit genommen, um nachzusehen und rituelle Frage zu stellen: *„Bist du der Schokonikolaus?"*

Dann spürte ich, wie sich Hände um meine Hüfte legten, und ein Kopf sich neigte, um an meinen Haaren zu riechen – und ich musste nicht mal fragen. Ich wusste, wer es war. Mein Herz raste wie wild, ihn so nahe bei mir zu spüren, ihn zu riechen – diesen reinen Geruch nach Seife und Schweiß, nach Schnee und der heißen Schokolade mit Schuss in seinem Atem.

Ich wusste, *wusste*, dass es Jeremy war. Aber Jeremy brachte Komplikationen mit sich … Tiffani, zum Beispiel. Seine Freundschaft mit meinem Bruder ebenfalls. Ich hatte meine eigenen Gefühle niedergekämpft. Immerhin hatte ich geschworen, zurückzustehen und mich überhaupt nicht einzumischen, als Tiffani verkündet hatte, dass die beiden es noch mal versuchen würden.

Aber auf so viele Arten war er *mein* Jeremy. Er war meiner gewesen, lange bevor er Tiffani gehört hatte, falls das überhaupt noch so war. Als sein Mund also in einem feurigen Kuss auf meinem landete, wehrte ich mich nicht. Ich öffnete mich seinem

Geschmack, seiner Hitze und schmolz wie Schnee an ihm. Seine Lippen glitten über meine, schmeckten, dann schoben sie meinen Mund auf, damit seine Zunge Einlass fand. Hitze und Aufregung zischten durch jede Zelle meines Körpers.

Gedanken rasten durch meinen Kopf wie ein eine seltsame Filmbiografie meiner Kindheit – wie ich mit dem Fahrrad an die Barriere der Sackgasse am Ende unserer Straße geknallt war und mir schlimm die Knie aufgeschlagen hatte. Jeremy hatte mich nach Hause gebracht, mich getröstet, mir mit den Händen die staubigen Tränen abgewischt. Tagelang hatte ich mein Fahrrad nicht zu Gesicht bekommen, bis er es mir stolz wiedergegeben hatte, so gut wie neu. Seine Mom hatte mir Monate später erzählt, dass er sein eigenes Taschengeld eingesetzt hatte, um die Teile zu kaufen, um es zu reparieren.

Jeremys Hände spannten sich um meine Taille an, zogen mich an seine starke Brust. Meine Hände lagen auf seinem Shirt, wünschten, sie könnten darunter kommen. Jeremy konnte niemals wirklich mir gehören – oder? Ich hatte derzeit kein Recht, ihn zu küssen, aber wie konnte ich das nicht tun, wenn es sich so verdammt richtig anfühlte?

Während er sich leicht zurückzog, ging meine Zunge ihm nach, beantwortete seine Frage mit meiner begeisterten Erwiderung. Ich drang in seinen Mund ein, schmeckte ihn, ein Prickeln von heißer Lust lief mir über den Rücken hinab wie ein tropischer Regenschauer. Meine Hände gingen zu seinen Schultern, seine unten an mein Oberteil, der Daumen glitt zögerlich darunter, streifte über meine Haut.

Ich keuchte an seinem Mund. Sein Name war auf meinen Lippen, aber ich wollte ihn nicht aussprechen – ich konnte nicht. Denn wenn ich das tat, würde sich alles echt anfühlen, nicht nur eine Phantombegegnung in der Dunkelheit, die niemals hätte passieren sollen. Meine Finger bohrten sich in seine Schultern, und ich war angetrunken von etwas, das nicht nur die heiße Schokolade mit Kokosrum war. Sein Geschmack, sein Geruch, seine Berührung. Sein Mund verließ meinen und zog eine langsame, heiße Linie über den Rand meines Kinns, meiner Kehle. Jede Stelle, an der er landete, prickelte wie elektrisch aufgeladen vom Kontaktpunkt ganz durch mich hindurch.

Ich bebte unbeherrscht, hatte noch weniger Kontrolle über mich als vorhin, als wir uns nach unserem gescheiterten Schneemann-Wettbewerb in den Schnee geschubst hatten. Aber mein Gott, ich wollte ihn. Jeremy. Der Junge, der zehn Jahre lang im Block nebenan gewohnt hatte. Der Junge, der mich ignoriert hatte, während wir an der Highschool gewesen waren, aber in den Sommerferien immer so nett gewesen war, wie er nur konnte. Der Typ, der gerade einen zweiten Versuch mit meiner Mitbewohnerin starten wollte.

Und es fühlte sich so verdammt gut an.

Verfluchter Mist.

Warum ausgerechnet *jetzt*?

Sein heißer Atem strömte über mein Gesicht, seine Finger schoben sich in meine Haare. Jede Berührung war wie ein Schock für meinen Körper, der zu einer Kettenreaktion führte, die sich in meine Mitte vorarbeitete. In diesem Schrank wurde es extrem heiß, und es war mir egal. Denn ich wollte Jeremy, und dass er unter meine Klamotten gelangte und mich berührte.

Mein Kopf fiel nach hinten, und sein Mund war überall, glitt über die zarte, empfindliche Haut meines Halses. Meine Finger bohrten sich in sein Shirt, bereit, es ihm auszuziehen und …

Erneut ratterte der Türgriff.

Wir erstarrten.

Die Tür ging einen Spalt weit auf, und wir stoben auseinander, als hätte uns jemand mit Eiswasser übergossen. Bebend spürte ich den Wärmeverlust, den Verlust eines Mundes und seiner Hände. Es war fast, als würde meinem Körper gleich Unterkühlung drohen.

Ein leises Flüstern – von einer Frau – fragte: „Bist du die Sardi… - ich meine – der Schokonikolaus?"

„Ja", sagte ich rasch, während sie hereinschlüpfte. Sofort roch ich Tiffanis Shampoo und wurde von schrecklichen Schuldgefühlen heimgesucht. Sie war mit uns hier drin, und ich hatte gerade mit ihrem Ex-aber-nicht-Ex-Freund geknutscht.

Verdammt!

In der Dunkelheit streiften seine starken Finger meine. Er nahm meine Hand in seine und drückte sie. Eine Bitte, stillzuhalten? Als ob ich etwas gesagt hätte.

Tatsächlich wäre es am besten, zu vergessen, dass das je passiert war. Ich entzog meine Hand rasch seinem Griff und hüstelte leise in der Dunkelheit. Tiffani brachte mich zum Schweigen. Aber ich hoffte, dass man uns schnell finden würde. Je eher sich uns weitere Leute hier drin anschlossen, desto weniger peinlich und schrecklich würde es werden. Und desto eher war dieses dumme Spiel vorbei.

Es wurde bereits stickig hier drin, und igitt– mein Magen wollte sich nicht beruhigen. Er gluckerte und blubberte und brodelte, bis jemand tatsächlich den Nerv hatte, mich deswegen zur Stille zu ermahnen.

Jemand draußen hatte das wohl gehört, denn wenige Sekunden später öffnete sich die Tür wieder. „Bist du, äh, der Schokonikolaus?"

„Ja", antwortete Tiffani. Eine weitere Gestalt schloss sich uns in der Dunkelheit an – dieses Mal erkannte ich an der aufragenden Form, dass es Lucas war. Denn diese ganze Zusammenkunft musste ja unbedingt noch peinlicher werden, als sie bereits war! Es wurde eng und heiß mit vier Leuten hier drin. Und ich hätte schwören können, dass einer von ihnen durch den Mund atmete, wie es Eleven aus Stranger Things ausgedrückt hätte.

Vermutlich war es Tiffani.

Der Gedanke brachte mich zum Kichern. Und ich meine *wirklich* kichern. Unbeherrschtes Gegacker stieg durch meine Kehle auf, und obwohl sie mich ermahnten, konnte ich nicht aufhören. Tatsächlich lachte ich wegen ihrer Ermahnungen nur noch lauter. Es war so eine Art Lachen, bei dem einem der Bauch wehtat, je mehr man versuchte, es zu beruhigen und aufzuhalten. Bei dem einem die Augen übergingen. Es war die Art Gelächter, die man rauslassen musste, bis es vorüberging. Aber das konnte ich nicht, und je mehr ich versuchte, es abzustellen, desto mehr baute es Druck in mir auf, wie eine Limoflasche, die man so richtig schüttelte, ohne sie zu öffnen. Und sobald man mal die Deckel abnahm, war dann überall Limo.

Und so war es auch bei mir, der menschlichen Version der Limoflasche, ohne die Möglichkeit, diesen inneren Druck zu lösen. Durch die kurvenreiche Fahrt den Hügel hinauf, das Spaghetti-Abendessen, die Balgerei draußen in der Kälte, die heiße Schokolade mit Schuss, und nun diesen stickigen Schrank und die Schuldgefühle, die an meiner Brust zerrten, war ich wie ein Vulkan, der kurz vor dem Ausbruch stand.

Also ja, es passierte. Ich kotzte überall hin. *Überall.* Im ganzen Schrank. Über mich selbst. Über Tiffanis Haare. Keine Sardine in dieser Büchse kam unbeschadet davon. Vier Schokonikoläuse, mehr hatten wir nicht geschafft.

Und alle vier Schokonikoläuse hatten jetzt eine Kotzeglasur.

Wir machten, dass wir sofort hier raus kamen. Tiffani raste ins Bad, bedeckt von meinem Erbrochenen, und wirkte selbst ein wenig grün im Gesicht.

Es dauerte ungefähr eine Stunde, bis die Kollateralschäden meines unterdrückten Gekichers gesäubert waren. Da ich mich schlecht fühlte, und es nur zwei Bäder hier gab, meldete ich mich freiwillig, um zu warten und als letzte zu duschen.

In der Zwischenzeit versuchte ich aus schierer Demütigung, allen aus dem Weg zu gehen.

So viel also dazu, an diesem Wochenende ein wenig Festtagsfreude zu finden. Jetzt wollte ich eigentlich nur noch nach Hause.

KAPITEL SECHS
JEREMY

WIR SAßEN IM KREIS RUND UM DAS WOHNZIMMER, manche von uns auf das Sofa gequetscht, ein Paar saß zu zweit auf einem Sessel, und der Rest auf dem Boden oder vor dem Kamin. Der Weihnachtsbaum war das dominierende Prunkstück des Raumes, eine echte Schönheit mit bunten Blinklichtern und schimmernden Girlanden.

Tiffani und Donna hatten sich toll ins Zeug gelegt. Als ich einen Blick auf Tiffani warf, die wegen der Weihnachtszeit völlig ausflippte, wurde mir klar, dass wir nicht viel miteinander geredet oder auch nur zu tun gehabt hatten, seit wir an diesem Nachmittag in der Küche fertig geworden waren.

Und doch wusste ich, dass sie nicht wütend war. Tiffani hatte so eine Art, es quälend offensichtlich zu machen, wenn sie wütend war – und es die ganze Welt wissen zu lassen, zusätzlich zum einzelnen Gegenstand ihres Zorns.

Nein, sie war begeistert wegen Weihnachten, aber wir hatten einander kaum etwas zu sagen gehabt. Und um ehrlich zu sein, es war nicht schwer, ihre Motivation zu erraten, dass sie sich vor kurzem wieder bei mir gemeldet hatte, um nach einer Chance auf einen Neuanfang zu fragen.

Während der Feiertage war es schwierig, allein zu sein, besonders nach einer gescheiterten Beziehung. Ich wusste das, denn ich hatte schneller zugestimmt, als ich es hätte tun sollen, um diese zweite Chance zuzulassen. Ein Teil davon waren Schuldgefühle wegen unserer Trennung, ein Teil davon Verzweiflung, weil ich nicht zu Michaela hatte durchkommen können.

Aber das war, bevor ich rausgefunden hatte, dass Michaela jetzt Single war. Mein Blick wanderte wieder zu den Leuten im ganzen Zimmer, obwohl ich wusste, dass sie nicht da war. Nachdem ihr während unseres Sardinenbüchsenspiels zum Bedauern aller schlecht geworden war, hatte sie sich als Letzte geduscht und dann unter ihrer Decke oben im Loft versteckt. Als die nächste Aktivität angekündigt worden war, hatte sie sich geweigert, runterzukommen, und behauptet, ihr ginge es immer noch schlecht.

Ich verabscheute den Gedanken, dass sie vielleicht schlecht oder mit Schuldgefühlen wegen unseres Kusses im Schrank reagierte. Und obwohl ich nicht wollte, dass es ihr überhaupt schlecht ging, wäre es eine Erleichterung gewesen, zu wissen, dass ihr wirklich schlecht war, und nicht nur schlecht vor Sorge wegen unseres geheimen Kusses.

Das hätte ich nicht tun sollen. Aber ich hatte mich einfach nicht zurückhalten können.

Und die Art, wie sie reagiert hatte, als ich sie geküsst hatte … Die Erinnerung daran war beinahe so heiß, wie es dieser Augenblick gewesen war. Ich bekam fast keine Luft, während ich versuchte, mich ans letzte Mal zu erinnern, als ich einen so tollen Kuss erlebt hatte wie diesen. Aber es fiel mir schwer, mir überhaupt etwas einfallen zu lassen, was dem nahekam.

Also waren wir jetzt am verrückten Schrottwichtel-Teil des Abends angelangt. Wir wurden angewiesen, sich jeder ein Geschenk unter dem Baum auszusuchen, und das taten wir. Dann packten wir abwechselnd entweder unser Geschenk aus oder entschieden uns, unser ausgepacktes Geschenk mit dem verpackten Geschenk eines anderen zu tauschen. Am Ende würden drei von uns, die zufällig ausgewählt wurden, die Gelegenheit bekommen, unser unerwünschtes Geschenk einem anderen aufzudrücken, und denjenigen zu zwingen, seins rauszurücken.

Es war alles richtig halsabschneiderisch und zum Spaßhaben gedacht. Aber da der Großteil der Leute hier Gamer waren, wandten wir vermutlich unser ganzes Wissen in Spieltheorie und Strategie im Verlauf des Spiels an. Wir mussten ja unbedingt unsere Interessen durchsetzen. Wir Gamer nannten das Min-Maxing, und wir waren verdammt gut darin.

Die Ergebnisse waren ganz typisch. Eine Schachtel Pralinen, eine Kaffeetasse zusammen mit einer Gutscheinkarte von Starbucks, ein selbst gestrickter Schal. Irgendein Billigheimer hatte offensichtlich einen Vorratsschrank in der Arbeit geplündert, um seine Kiste mit Dracoo-Werbeartikeln zu füllen, worüber wir alle stöhnten und Karamellpopcorn auf den naheliegenden Schuldigen warfen, Stephen.

Der wahre Spaß fing an, als Katya, unsere firmeneigene Kanadierin, die wir dauernd aufzogen, einen Kaktus im Topf erhielt.

Die Pflanze bestand eigentlich aus drei Kakteen – einer langen, gurkenförmigen Pflanze, die von zwei kleineren ballförmigen Sukkulenten flankiert wurde. Natürlich ging es sofort mit den Peniswitzen los. Und Katya, ganz sie selbst, war diejenige, die den ersten riss.

Sie wackelte mit den Augenbrauen und hielt den Kaktus dabei von ihrem Schoss weg. „Sieht aus wie ein Pimmel."

„Das nennt man einen *Kaktus*, Kat. Die hast du bloß noch nicht gesehen, da, wo du herkommst", ließ sich Lucas vernehmen. Ich wechselte Blicke mit ein paar anderen, und überall kam ein wissendes Grinsen auf. Wir wussten, worauf das hinauslief.

Die beiden würden wieder anfangen zu streiten. Zum Glück gab es Popcorn, damit wir es richtig genießen konnten. Manchmal waren sie unterhaltsamer, als sich einen Film anzusehen.

„Na ja, für mich sieht es aus wie ein beleidigter Pimmel, und von denen habe ich schon eine Menge gesehen, von der zweibeinigen Sorte." Sie warf ihm einen bedeutungsvollen Blick zu.

Tiffani blinzelte, schaute sich kurz um und wirkte verwirrt. „Das soll doch ein Hauskaktus sein. Du weißt schon, wie ein Hausstein? Nur dass er tatsächlich lebt und man sich sehr wenig drum kümmern muss. Stell ihn einfach an einen kühlen Ort, dann du kannst sogar meistens vergessen, ihn zu gießen."

Ihrem leicht abwehrenden Tonfall war eindeutig zu entnehmen, dass das Geschenk dasjenige war, dass sie zum Wichteln mitgebracht hatte. Aber da Lucas und Katya gleich darüber Krieg führen würden, war es uns allen egal, ob es in Wirklichkeit ein gutes Geschenk war.

Katya hielt ihre neue Beute hoch. „Hauskaktus. Gefällt mir. Ich nenne ihn dann Stachel den Stecher."

Alle brachen in Gelächter aus, während Katya es noch weiter trieb. Lucas sagte etwas, das ich über das Kichern hinweg nicht hören konnte, und Katya reagierte, indem sie vor ihm mit dem Kaktus wackelte. „Auf die Größe kommt es an, Jedi-Junge. Werd bloß nicht eifersüchtig auf Stachel."

„Cranberry, mach bloß nichts Dummes und betrink dich so sehr, dass du deinen Hauskaktus mit einem Dildo verwechselst. Ich schätze, das erfahren wir, wenn du dann durch das Büro humpelst."

Sie lachte herzlich, lief tiefrot an und imitierte einen völligen Hinterwäldler, indem sie sich mehrmals fest aufs Knie schlug. „Aber er kann immer auch als Butt Plug dienen, falls du dich mal nach einer heftigen Deadline ein wenig locker machen musst."

Das Lachen wurde lauter. Sogar Lucas ließ ein Lächeln sehen, und das schien Katya noch fester zum Lachen zu bringen. Auf diese beiden konnte man sich immer verlassen, wenn man Unterhaltung in der Form von für alle offensichtlicher, doch selbst ungeahnter sexueller Anspannung suchte. Es war ein ständiger Witz im Büro, dass die beiden einfach mal vögeln mussten, um drüber wegzukommen.

Nachdem die übrigen Geschenke geöffnet waren, war Katya zum Glück – oder vielleicht auch Pech, da wir die kostenlose Unterhaltung so sehr liebten – eine derjenigen, der es erlaubt war, ihr Geschenk gegen etwas anderes einzutauschen. Wie vorherzusehen, entschied sie sich für Lucas und seinen riesigen Schokoriegel. „Ich nehme dir diese schlimme amerikanische Schokolade ab und gebe dir Stachel, um dich während dieser langen, einsamen Nächte zu trösten." Feierlich platzierte sie den Kaktus auf Lucas' Schoß. „Da, jetzt kannst du sie Zwillinge nennen. Obwohl ich glaube, Stachel ist sehr viel weniger stachlig.“

Nachdem unser Lachen verklungen war und wir ihnen zu einer weiteren gelungenen Episode der Katya-und-Lucas-Show gratuliert hatten, fing Donna das letzte Ereignis des Abends an. Wir sahen uns den Film *Buddy – der Weihnachtself* an.

Nathan dimmte die Lichter. Leute schnappten sich Kissen und Decken und machten es sich vor dem Fernseher gemütlich, während Donna den Film suchte. Die Leute zitierten bereits daraus.

„Du sitzt auf einem Lügenthron!“, rief einer.

„Ich bin ein dusseliger Trottel mit Watte im Kopf“, erwiderte ein weiterer.

„Wir Elfen halten uns streng an die vier Nahrungsmittelgruppen – Kekse, Zuckerstangen, Schokolade und Sirup!“

Während wir uns alle niederließen, entschuldigte ich mich, um aufs Klo zu gehen, weil ich das für eine gute Gelegenheit hielt, mich wegzuschleichen und mir etwas aus meiner Tasche zu holen. Es war schon lange fällig, mal nach Michaela zu sehen und herauszufinden, ob es ihr gut ging. Auf gar keinen Fall konnte sie den Lärm verschlafen haben, den der Geschenketausch verursacht hatte, aber hoffentlich war die Übelkeit vorbei.

Ich ging auf dem Weg nach draußen hinüber zu meiner Reisetasche und zog den Reißverschluss einer Seitentasche auf, holte ein kleines Geschenk heraus, dann ging ich die zu Stufen hinauf, vorgeblich, um das freie Bad dort oben zu nutzen.

Stattdessen suchte ich aber Michaela, die in das untere Stockbett in der Ecke eingekuschelt war. Sie lag still da, die

Augen offen, während sie ins Nichts starrte. Trotzdem fuhr sie zusammen, als ich in Sicht kam, und versuchte, sich hinzusetzen.

„Setz dich nicht hin. Das ist unnötig. Ich wollte dich nicht stören."

Sie ignorierte meine Bitte und setzte sich trotzdem hin, passte auf, sich nicht den Kopf am Bett über ihr anzustoßen. „Du störst mich nicht."

„Na gut ..." Ich versuchte mich neben sie auf die Seite des Bettes zu setzen, aber durch das Bett darüber musste ich mich fast hineinfalten, also sank ich auf den Boden und setzte mich im Schneidersitz vor sie.

Ich hielt ihr das Geschenk hin, und ihre zarten Finger schlossen sich darum, bevor sie auch nur den Blick von mir gelöst hatte, um es sich anzusehen. „Was ist das?", fragte sie mit leiser Stimme. Obwohl es nicht wirklich nötig war, dass sie leise war. Der Film unten lief ziemlich laut und konnte sogar hier oben gehört werden, zusammen mit dem Gelächter.

„Nur eine Kleinigkeit. Ist nichts Besonderes."

„Ich habe aber kein ..."

Ich schüttelte den Kopf. „Nein, schon gut. Es ist echt nicht viel."

Michaela ließ einen Finger unter die Seite des Geschenkpapiers gleiten und zog den Tesafilm auf. Langsam holte sie den Rahmen aus dem Geschenkpapier und der Küchenrolle, die ich zum Schutz darum gelegt hatte, dann drehte sie es um und starrte das Foto an.

Sie hörte gar nicht auf zu starren, erst runzelte sie die Stirn, dann blinzelte sie. Dann wurden ihre Augen eindeutig trüb. Ich biss mir auf die Lippe, weil mir nicht klar war, dass ich die Luft angehalten hatte. Kürzlich hatte meine Mutter einen riesigen

Ordner voller Familienbilder aus unserer frühen Kindheit mit meinen Geschwistern und mir geteilt. Sie hatte gerade das Projekt beendet, alles zu digitalisieren, und jetzt hatten wir Zugriff auf Fotos aus unserer Kindheit.

Um ehrlich zu sein, hatte ich den Ordner erst Monate später geöffnet. Aber als ich es tat, hatte ich ein Bild aus unserer Kindheit gefunden. Einen Schnappschuss von einer Block-Party. Ich stand neben Michaela in der Dämmerung auf der Seite der Straße. Sie war etwa elf, was bedeutete, dass ich etwa dreizehn war. Und hinter uns mit einem breiten Lächeln, eine Hand auf jeder unserer Schultern, stand ihr Dad. In dem Augenblick, als ich es auf meinem Computerbildschirm gesehen hatte, hatte ich gewusst, dass ich es professionell drucken lassen musste, auf qualitativ hochwertigem Papier, und es für sie rahmen lassen.

Ihre Finger spannten sich am Rahmen an. Ich schaute ihr ins Gesicht, gerade rechtzeitig, um die einzelne Träne zu erspähen, die aus ihrem Auge lief und langsam, fast verstohlen ihre Wange hinabkullerte.

„Hey", sagte ich, legte eine Hand auf ihre freie. Ich drückte sie, schloss die Finger um ihre. „Ich wollte dich nicht traurig machen. Das war einfach so ein cooler Abend. Weißt du noch …?"

Ihre Hand zuckte, und sie drehte sie um, um im Gegenzug meine Finger zu drücken. Dann lächelte sie. „Natürlich weiß ich noch. Dieses verrückte Spiel, bei dem man die Flagge erobern musste, das den ganzen Tag im Park lief. Unser Team hat gewonnen, aber wir sind auch fast vor Wassermangel gestorben."

Ich seufzte, als ich mich an diesen Tag erinnerte. Sie und ich waren zusammen im Team gewesen und hatten den Auftrag bekommen, die andere Seite auszuspionieren. Wir hatten einen

Heidenspaß gehabt, unsere gespielten Spionagegeräte zu erwähnen und herbeifantasierte Berichte zu schreiben. Ihr Dad war der Leiter unseres Teams gewesen und hatte uns beide für unser Team mit einer symbolischen Spieler-des-Tages-Schleife ausgezeichnet.

Es war ein witziger Tag gewesen. Eine Erinnerung wie ein wohlbehütetes Mitbringsel, das ich in einem mystischen Archiv aufbewahrte, um sie zufällig in meinem Leben wieder aufzurufen. Ein wunderbarer Tag, den ich mit ihr verbracht hatte.

Sie berührte den Rahmen. „Dad. Ich vermisse ihn noch."

Meine Hand spannte sich an. „Ich auch. Ich vermisse sein dröhnendes Lachen."

Sie schniefte und lächelte. „Danke dir. Dieses Geschenk … Es bedeutet so viel. Eine glückliche Erinnerung, und eine Erinnerung an meinen Dad."

„Mir bedeutet es auch viel. Ich wollte, dass du es bekommst. Und ich werde dir die Datei schicken, wenn ich nach Hause komme."

Sie drückte sich den Rahmen ans Herz und schaute mich an. „Du bist so fürsorglich, Jeremy."

Wir schauten uns in die Augen, und …

Ein plötzlicher Lachanfall und Gesang wurden unter uns hörbar. „Um Weihnachtsfreude der Welt zu bescheren, sing ganz laut, dass alle es hören", zitierten sie.

Das ignorierten wir und lächelten einander an. Bis ich den Mund öffnete und den Zauber zerbrach.

„Wir sollten über das reden, was in dem Schrank passiert ist."

Ihr Lächeln verblasste.

KAPITEL SIEBEN
MICHAELA

ICH BLINZELTE, SAGTE ABER NICHTS. ER HATTE MICH AUF dem falschen Fuß erwischt. Ich meine, ich hatte geahnt, dass er vermutlich über den Kuss im Schrank reden wollte, aber ich hätte gedacht, dass ich davor in Sicherheit war, sobald wir das Thema seinem äußerst durchdachten Geschenk zugewandt hatten.

Ich schaute nach unten, wollte unbedingt vermeiden, das Thema des Kusses anzusprechen. Wenn wir nicht darüber redeten, dann wäre es nicht echt. Und alle Probleme, die damit in Zusammenhang standen, wären auch nicht echt.

„Mic." Er nahm seine Hand dort weg, wo sie auf meiner lag, und sein Blick auf mir verschärfte sich.

Ich atmete tief ein, dann stieß sich ein langes, langsames Seufzen aus. „Vielleicht sollten wir darüber nicht sprechen."

Er runzelte die Stirn. „Warum nicht?"

Mein Blick huschte über das Foto, mein Herz war randvoll mit Gefühlen. Mir schien es niemals möglich, Jeremy zu gewinnen, und wenn ich dem dann doch nahekam, schlüpfte er mir immer wieder durch die Finger. Dieser Sommer im Bild, bevor er auf eine andere Schule gegangen war und wir uns danach kaum noch gesehen hatten. Sein Abschlussjahr, in dem

63

wir beide den Pakt geschlossen hatten, zusammen zum Abschlussball zu gehen, bis wir beide im allerletzten Moment von anderen Leuten darum gebeten wurden, und dann ging er weg ans College. Jedes Mal, wenn wir uns näherkamen, riss uns irgendetwas wieder auseinander, bevor wir auch nur was anfangen konnten.

Warum sollte es diesmal anders sein? Gerade, als ich meine Beziehung mit Sean beendet hatte, hatten er und Tiffani beschlossen, es noch einmal neu zu versuchen. Würde aus uns niemals mehr werden als dieses gerahmte Foto und eine ganze Menge Erinnerungen?

„Ich glaube einfach nicht daran, dass das hier je was wird", murmelte ich mit leiser Stimme.

Sein Gesicht wurde düster. „Ist … es das, was du willst?"

Ich räusperte mich und zappelte herum, dann legte ich den Rahmen auf das Bett neben mich. „Es hätte nicht dazu kommen sollen. Und soweit es mich betrifft, ist es nicht passiert."

Er hob eine Augenbraue. „Echt jetzt?"

„Ich will ihr nicht wehtun", flüsterte ich.

Die Erkenntnis schien zu dämmern. Er fuhr sich mit der Hand durch seine dunklen Haare, sein Gesicht finster. „Ich verstehe. Ich will ihr auch nicht wehtun, aber …"

„Also verstehst du es? Wir sind einer Meinung. Es gibt … es gibt nichts, worüber wir reden sollten."

Und ich würde ganz bestimmt versuchen, auf keinen Fall daran zu denken, wie dieser Kuss mich innerlich erhitzt hatte – dass ich noch niemals im Leben so geküsst worden war. Und wenn ich niemals mehr so geküsst werden würde, wäre es eine äußerst traurige und düstere Zukunft für mich.

Denn im großen Zusammenhang musste man diesem Kuss eine Dreizehn auf einer Skala von eins bis fünf geben. Und dreizehn war keine Glückszahl. Während ich also schon dabei war, meinem „Kuss des Lebens" Unglückszahlen zuzuweisen, hätte ich auch gleich noch losziehen und ein paar Spiegel zerbrechen oder unter einer Leiter durchgehen können.

Ich seufzte schwer und schaute von dem rätselhaften Ausdruck in seinen grünen Augen weg. „Bitte, Jeremy. Wir können und sollten nicht darüber reden. Tatsächlich werde ich nicht darüber reden, bis du raus hast, was zwischen dir und Tiffani ist. Das sollte an erster Stelle stehen – und mach bloß nichts Drastisches vor Weihnachten."

„Aber ..."

Ich schüttelte den Kopf. „Tiffani ist jetzt deine oberste Priorität."

„Mir gefällt, wie das klingt!" Wir rissen beide gleichzeitig die Köpfe hoch, denn oben an den Stufen stand Tiffani, die hastig zwischen uns hin und her schaute und unsicher lächelte.

Jeremy sah mich an, dann schob er sich hoch. „Ich bin hier raufgekommen, um zu sehen, wie es Mic geht. Ich bin kein so großer Fan von *Buddy*."

Tiffani nickte. „Zwei Dumme, ein Gedanke. Deshalb bin ich auch hier oben." Ihr Blick verlagerte sich auf mich. „Also geht's dir besser?"

Ich schob das gerahmte Bild unter mein Kissen, dankbar, dass ich es zur Seite gelegt hatte, bevor sie raufgekommen war. Nicht, dass es was Schlimmes war, dass er mir ein Geschenk gab, aber ... mir war einfach nicht danach, das gerade jetzt zu erklären. Meine Gefühle liefen Amok, und wenn ich nicht aufpasste, würde ich etwas verraten.

Jeremy zögerte nur einen weiteren Augenblick, bevor er zu Tiffani hin nickte. Dann murmelte er etwas davon, dass er nach unten gehen und uns Zeit zum Plaudern verschaffen sollte. Ich sah ihm nach, und als ich ihr wieder in die Augen schaute, wurde mir klar, dass Tiffani mich beobachtet hatte, wie ich ihm nachstarrte.

Ihr Gesicht war nicht zu deuten, während sie zu mir kam, um sich neben mich aufs Bett zu setzen. Aber in meinen Eingeweiden gurgelten immer noch dieselben alten Schuldgefühle. Wusste sie es?

„Tut mir leid, dass es für dich kein Spaß ist", sagte sie. „Ich wollte, dass es für dich eine gute Zeit wird. Dass sich deine Gedanken von traurigen Dingen lösen."

Ich holte bebend Luft. „Ach, es ist nicht deine Schuld, dass ich meine heiße Schokolade mit Schuss nicht vertrage. Du und Donna habt da ein tolles Event auf die Beine gestellt." Ich griff nach ihrer Hand und drückte sie. „Danke dir. Wie geht es dir? Hast du Spaß?"

Sie schaute mich zögerlich an, dann nickte sie.

„Was ist los?"

Sie zuckte die Schultern. „Ich bin – na ja – ich muss sagen, ich habe so meine Zweifel an dem ganzen ‚Neustart'-Ding mit Jeremy. Ich kann bereits erkennen, dass wir dieselben Probleme haben würden, die wir schon früher hatten."

Ich biss mir auf die Lippen und nickte, versuchte heftig, den riesigen Ansturm der Freude in mir zu unterdrücken. Tiffani kam zur Vernunft, dass sie und Jeremy überhaupt nicht zueinander passten. Vielleicht würde in dieser Situation niemandem das Herz gebrochen werden.

Ich betete zu den Katzengöttern, dass das vielleicht einfach funktionierte. Vielleicht…

Aber ich musste zugeben, wenn auch nur vor mir selbst, dass ich so viel Angst davor hatte, etwas mit ihm anzufangen, damit es mir nicht wieder einfach schnell entrissen wurde. Wie es schon so oft geschehen war.

„Was soll ich tun? Ich würde ihn gern im Guten gehen lassen, aber Weihnachten ist schon in ein paar Tagen."

Ich holte tief Luft und schaute ihr in die Augen. „Ich denke auf jeden Fall, dass du mit ihm reden solltest, wenn du dich dafür bereit fühlst."

„Ach, ich weiß nicht, wie", seufzte sie und rieb sich über die Stirn zwischen ihren Augen, als würde sie gegen plötzliche Kopfschmerzen kämpfen. „Ich will nicht so eine Frau sein, die mit einem Typen eine Woche vor Weihnachten Schluss macht."

Ich biss mir noch fester auf die Lippe, hatte schon Angst, dass es bluten würde. Sollte ich etwas sagen oder es sein lassen? *Halt dich aus diesem Schlamassel raus, Michaela.* Ich konnte mich nicht einmischen. Ich konnte nicht die Baronin sein, die Maria zurück in den Konvent schickte, damit sie ihre Klauen in Kapitän von Trapp schlagen konnte.

Denn Maria würde zurückkommen, und dann würden sie im Pavillon einander vorsingen und ihre Liebe gestehen, während die Baronin allein nach Wien zurückkehrte.

„Ich … ich glaube, du musst tun, was dein Bauchgefühl dir sagt", stieß ich hervor, konnte kaum meine eigene Woge von Gefühlen für Jeremy unterdrücken. Ganz zu schweigen von der überbordenden Versuchung, sie zu beeinflussen, um meinen besten Interessen zu dienen, nicht ihren.

Sie legte sich eine Hand auf den Bauch, als würde sie meinen Rat wirklich überdenken. „Ich höre viel lieber auf meinen Kopf."

Ich schnaubte frustriert. „Okay, und was sagt dir dein Kopf?"

Sie beugte sich vor, drückte sich die Handflächen an die Schläfen. „Ich weiß nicht."

Ich legte ihr eine Hand auf den Rücken und rieb ihn. „Warum konzentrierst du dich dann nicht auf die glücklichen Dinge? Genieße das Wochenende. Du und Donna habt euch so viel Arbeit damit gemacht."

„Ich weiß. Ich bin erschöpft. Und ich bedaure, dass ich nicht mit meinen Eltern zum Skifahren gegangen bin."

Ich lächelte. „Mach es dir doch nicht so schwer, Tiff."

Sie wandte den Kopf und schaute mich an. „Mir ist aufgefallen, dass du und Lucas gut klar gekommen seid."

Meine Hand wurde reglos. „Äh. Er ist ein netter Typ. Aber eher so als Freund."

Sie runzelte die Stirn. „Echt? Denn ich bin jetzt schon ein bisschen in ihn verliebt. Er war der Hammer während dieses Schrottwichtelns."

Ich lachte. „Na, ich verspreche, ganz gleich, wie du entscheidest. Falls du jemals mit ihm ausgehen willst, nehme ich dir das nicht übel."

Tiffani stieß mich spielerisch mit dem Ellbogen an. „Darüber denke ich nicht nach. *Noch* nicht. Ich muss erst mal rauskriegen, wie ich zu Jeremy stehe. Aber ja, vielleicht."

Wir schauten einander in die Augen und lachten beide.

„Werden wir Zeit haben, dass wir zusammen unseren Film schauen, bevor ich über Weihnachten heimfliege?"

Ich lächelte. „Ich hoffe doch. *Meine Lieder – meine Träume* ist unsere Weihnachtstradition – falls seit letztem Jahr als Tradition zählt."

Sie nickte entschieden. „Auf jeden Fall. Wenn wir nach Hause kommen, am Sonntagabend, ist es abgemacht. Du, ich und die Nonnen."

Ich streckte mich und umarmte sie. Es war fast wie in den alten Zeiten, bevor sie angefangen hatte, dauernd so gereizt zu sein.

„Na, ich muss mal nach unten. Der Film ist gerade aus, und ich weiß, dass darüber gestritten wird, was als nächstes kommt. Schlaf gut."

Ich kam dem Ansturm zuvor, ins Bad zu gehen, um mir die Zähne zu putzen.

Das letzte, was ich hörte, bevor ich einschlief, war Donnas schrille Ablehnung von Nathans Vorschlag, was man als nächstes anschauen sollte.

„Wir schauen uns nicht *Stirb langsam* an, Nathan. Mir egal, wie oft du mir erzählst, dass das ein Weihnachtsfilm ist."

KAPITEL ACHT
JEREMY

ES WAR FRÜH, UND ES SAH MIR SO GAR NICHT ÄHNLICH, ZU dieser Stunde wach zu sein, ganz zu schweigen davon, am kühlen Morgen draußen rumzulaufen. Aber ich brauchte diese Kälte, diese Stille. Ich brauchte einen langen Spaziergang im frischen Pulverschnee, der über Nacht gefallen war.

Und obwohl ich keine Ahnung hatte, brauchte ich das Gefühl, das Quietschen des frischen Schnees bei jedem Schritt unter meinen Stiefeln zu hören und spüren. Kälte zupfte an meinen Wangen und Ohrläppchen und brachte meine Augen zum Tränen.

Aber das war gut so. Die beste Art, wie ich mir vorstellen konnte, den Kopf klar zu kriegen und mir auszudenken, was ich als nächstes tun sollte.

Kurz bevor ich aufgewacht war, hatte ich von Michaela geträumt. Wir waren wieder Kinder, an der Highschool. Und an diesem einen Abend, auf diesem albernen, kitschigen Tanz, an dessen Namen ich mich nicht mehr erinnern konnte, hatte ich sie fast gebeten, langsam mit mir zu tanzen. Ihr Bruder hatte mir sogar gesagt, das wäre für ihn in Ordnung.

Aber ich war feige gewesen.

Verpasste Gelegenheiten … so viele davon seit damals. Es reichte, um sogar einen Allzeit-Skeptiker wie mich an das Konzept der Vorbestimmung glauben zu lassen.

Das Timing hatte bei uns einfach nie gestimmt. Wer war ich denn, dass ich glaubte, jetzt könnte es anders werden?

Mir war Tiffani wichtig, und es war eine schwierige Entscheidung gewesen, sich beim ersten Mal von ihr zu trennen. Sie war im Inneren ein netter Mensch. Aber wir hatten nicht sonderlich gut zusammengepasst. Den Großteil unserer gemeinsamen Zeit hatten wir damit verbracht, uns abzumühen, passend zu machen, was nicht unbedingt passend war. Und das bedeutete eine Menge Streit, Diskussionen und verletzte Gefühle.

Es war leichter gewesen, mein Interesse an Michaela zu leugnen, bevor ich sie geküsst hatte. Denn vorher hatte ich an mir gezweifelt und mich gefragt, ob die Tatsache, dass ich sie wollte, nur meinen Wunsch ausdrückte, aus dem rauszukommen, was ich derzeit hatte.

Aber der Kuss hatte mir diese Vorstellung völlig ausgetrieben. Ganz und gar.

Der Kuss war aufgeladen gewesen, berauschend. Und jetzt fühlte ich mich im Inneren einfach nur noch elend und kalt.

Nun war das Problem, sollte ich bis nach Weihnachten warten, um die Sache mit Tiffani zu beenden, oder sollte ich jetzt zugreifen und nie mehr loslassen? Wir waren einander im Lauf der Jahre immer wieder entgangen.

Mit dem Wissen, das ich jetzt hatte, konnte ich da überhaupt noch einen weiteren Tag aushalten?

Nein. Nein, konnte ich nicht.

Als ich das Haus betrat, sah ich, dass Donna und Nathan noch nicht aus ihrem Schlafzimmer gekommen waren. Der einzige andere Typ, der wach war, war Lucas, der leise Michaela vorführte, wie man etwas auf der Playstation spielte. Der Anblick ließ es mir schwer ums Herz werden und verstärkte den Drang, die Sache jetzt zu erledigen.

Ich folgte dem Geruch nach Kaffee in die Küche, wo ich wusste, dass ich sehr wahrscheinlich Tiffani finden würde.

„Morgen", sagte ich, und Tiffani schenkte mir eine Tasse Kaffee ein, ohne dass ich fragen musste. Sie schob mir die Tasse hin, dann ging sie zur Tür und schaute sich um, bevor sie sie schloss.

Na, ich schätze, ich war nicht der Einzige, der reden wollte.

„Jeremy, setz dich. Ich glaube, es gibt ein paar Dinge, ein paar wichtige Dinge, über die wir sprechen müssen."

Ernüchtert setzte ich mich am Tisch ihr gegenüber hin und nippte an meinem Kaffee. Er war perfekt. Sie war immer schon hervorragend darin gewesen, einen guten Kaffee aufzusetzen.

Sie seufzte und legte die Finger vor sich aneinander, dann schaute sie zu mir auf, bevor sie sich die dunklen Haare über die Schulter warf. „Ich hoffe, das lässt mich jetzt nicht zu verrückt klingen, besonders, da ich darum gebeten habe – um diesen Neuanfang oder wie immer wir es nennen. Ich dachte, wir könnten die Dinge ausarbeiten, wegen derer wir in der Vergangenheit immer aneinandergeraten sind."

„Es ist nicht so verrückt, dass du darum gebeten hast, Tiff. Das verstehe ich. Es war ein heftiges Jahr, und zurück blickt man immer mit wohlwollenden Blick auf all die Dinge, die man getan haben könnte, um es hinzukriegen."

Traurig verzog sie den Mund. „Genau. Nur dass wir nicht hinzukriegen sind, oder?"

Ich runzelte die Stirn. „Ich glaube eher, dass wir einfach sehr unterschiedlich sind. Und du bist mir echt sehr wichtig, Tiffani. Wir hatten Spaß zusammen, wenn wir uns verstanden haben…"

Plötzlich rutschte sie auf dem Stuhl herum und legte den Kopf vor mir schief. „Aber das ist es doch … wir haben uns nicht sonderlich oft verstanden."

Ich nickte langsam, starrte auf die ruhige Oberfläche meines Kaffees. „Das stimmt."

„Ich habe einfach nie dieses Klicken gespürt. Weißt du, was ich meine? Dieses Klicken, von dem man träumt, es bei dem Menschen zu spüren, mit dem man zusammen ist."

Ich nickte, dann hob ich meine Tasse auf, um einmal zu nippen, bevor ich sie abstellte und wieder hinein starrte. „Ich finde dich toll, Tiff. Du wirst jemanden eines Tages echt glücklich machen. Und du hast jemanden verdient, der dich glücklicher macht, als ich das getan habe."

Sie leckte sich die Lippen und musterte mich ganz lange, dann nickte sie. „Du hast recht. Das habe ich verdient. Das hat jeder verdient. Jeder hat es verdient, mit Menschen zusammen zu sein, die er liebt und die ihm wichtig sind, besonders an Weihnachten." Ihre Stimme brach leicht. Ich griff vor und nahm ihre Hand.

„Hey, es gibt Leute, die dich lieben. Michaela liebt dich sehr, und ich weiß, dass ich das auch tue. Nur nicht…"

Sie zog sich zurück und winkte mit einem Seufzen ab. „Ja, sprich es nicht aus. Ich glaube, wir sind auf derselben Wellenlänge. Wir müssen doch nicht wirklich die deprimierenden Dinge laut aussprechen."

Ich schüttelte den Kopf. „Ich will nicht, dass du an Weihnachten deprimiert bist."

Sie lachte. „Bin ich nicht. Ich meine, ich habe Angst gehabt, dass ich das bin, wenn ich allein bleibe. Und da ich nicht auf vielen Dates war, seit wir uns zum ersten Mal getrennt haben, hatte ich einfach diese Hoffnung. Ich dachte, es wäre mit dir gemütlich, irgendwie was Bekanntes, anstatt allein zu sein über die Feiertage." Ihr Gesicht war leicht verzogen, als sie den Mund schloss.

„Du bist nicht allein, solange du Michaela hast. Es muss doch keine romantische Liebe sein. Und ich werde immer dein Freund sein."

Sie kaute auf der Unterlippe, starrte mich an, als wollte sie noch etwas sagen, bekam aber nicht den Mut zusammen, es zu tun.

„Sag es doch einfach, Tiff … was immer es ist."

„Kann ich dir eine Frage stellen?"

Ich spannte mich an, weil ich befürchtete, dass das zu einer Unterhaltung über Michaela verkommen würde, aber schließlich gab ich nach, legte den Kopf schief. „Klar."

„Würde es dich nerven, wenn ich, äh, einen Kollegen von dir date?"

Ich stieß einen stotternden Atemzug aus, überrascht aus einer unerwarteten Richtung. „Damit würde ich erwachsen umgehen", sagte ich schließlich. Ich war immer noch überrascht, dass ihr zwischen Michaela und mir nichts aufgefallen war. Wir hatten diese Gefühle gut verborgen – oder zumindest dachte ich, dass wir das hatten. Aber ich hatte immer angenommen, es wäre offensichtlich, dass Tiffani es die ganze Zeit gewusst hatte.

Sie nickte. „Okay, gut. Und ich würde erwachsen damit umgehen, wenn du mit jemandem zusammen kommst, mit dem ich befreundet bin. Du weißt schon, jemand, mit dem du vielleicht mehr gemeinsam hast."

Ich blinzelte und erwiderte ihren Blick. Sie schien eine Menge mehr zu sagen, und ich war zugegebenermaßen ziemlich ahnungslos, was die Feinheiten der weiblichen Kommunikation betraf, denn in der Vergangenheit war ich schon so richtig danebengelegen. Besonders bei dieser Frau.

Ich räusperte mich. „Also meinst du …"

„Ja, genau das meine ich." Sie griff herüber und nahm ihre Handtasche, durch die sie wühlte. „Ich hab dir nie deine Schlüssel zurückgegeben, nachdem wir uns letztes Mal getrennt haben. Ich sollte das jetzt machen."

Ich hob eine Hand. „Tiff, diese ganzen Förmlichkeiten braucht es doch nicht."

Sie schüttelte den Kopf, ihr glänzendes schwarzes Haar flog um ihre Schultern, während sie nüchtern einen Schlüssel vom Schlüsselring nahm und ihn herabzog. „Nein, ich finde das gut. Ein sauberer Bruch. Besser als letztes Mal."

Sie reichte ihn mir. „Da hast du ihn."

„Ich habe meine Schlüssel nicht dabei, sonst würde ich es auch machen."

Sie hob ihre Hand, um mich zu aufzuhalten. „Behalt ihn. Vielleicht brauchst du ihn ja wieder."

Na, da hatte ich es. Tiffani war nicht annähernd so ahnungslos, wie ich gedacht hatte – oder vielleicht gehofft. Hatte ich ihre Gefühle verletzt?

„Tiffani, es tut mir so leid."

„Nein, ich glaube, es tut uns beiden leid. Du hast es echt versucht, Jeremy. Wirklich. Aber das war es einfach nicht. Also lass einfach los und wir ziehen in die Welt und versuchen, glücklich zu sein. Und ja, wenn du magst, können wir Freunde sein. Ich habe so ein Gefühl, dass wir als Freunde sehr viel besser sind als als Paar."

Ich stand auf. „Kann ich dich umarmen?"

Sie warf mir ein beruhigendes Lächeln zu. „Das wäre schön. Schließen wir es mit einer Umarmung ab."

Wir trennten uns, und sie schaute zu mir auf. „Versteh das nicht falsch, aber ich glaube, ich werde versuchen, hier raus zu kommen. Vielleicht ein Uber in San Bernardino kriegen oder irgendwas, sobald ich vom Berg runterkomme."

„Ich wünschte mir, du würdest bleiben, aber wenn du echt gehen willst, fahre ich dich."

„Du hast noch einen ganzen Tag hier zu verbringen, und das ist eine zweistündige Fahrt. Ich reise doch sowieso gern ein bisschen allein. Dann kann ich ein wenig nachdenken. Das wird mir guttun."

„Dann werde ich was für dich organisieren."

Sie nickte. „Ich packe mein Zeug und bitte Michaela und dich, das übrige Essen und das Geschirr mit nach Hause zu bringen."

Sie drehte sich zum Gehen um, und obwohl sie es echt gut versteckte, konnte ich an der Art spüren, wie ihre Schultern herabsanken, dass sie wegen der Situation ein bisschen traurig war. Aber ob das daran lag, dass dieser „Neuanfang" scheiterte, oder dass sie über die Feiertage keine Beziehung hatte, konnte ich nicht sagen.

Michaela war eine gute Freundin für Tiffani und hatte ein Gespür für ihre Grenzen. Falls ich das Glück hatte, Michaela zu überzeugen, es mit uns zu versuchen, würden wir langsam machen müssen. Und Gott, ich hoffte, sie war bereit, diese Gelegenheit zu ergreifen.

Ich war es auf jeden Fall.

Während Tiffani packte, ging ich ins Bad, duschte, rasierte und machte mich für den Tag frisch, bevor es zu geschäftig wurde. Fast alle anderen schliefen noch, oder standen gerade erst auf und rührten sich ein wenig.

Sobald ich sauber und angezogen war, nahm ich mir Zeit, um einen raschen und sicheren Weg den Berg hinab für Tiffani zu suchen. Letztlich beschloss ich, dass ich sie fahren musste, und wenn ich Michaela nicht überzeugen konnte, mit mir zu kommen, würde ich es bis heute Abend nicht wieder den Berg rauf schaffen. Später gegen Abend sollte es schneien, und ich kannte meine Grenzen als Fahrer. Einen Berg im Schneesturm raufzufahren, war weit jenseits davon.

Also fing ich an, auch meine Sachen zu packen, aber ich konnte nicht gehen, bevor ich nicht diese Unterhaltung mit Michaela geführt hatte. Es war immer noch früh, und Tiffani konnte ein wenig warten.

Nachdem ich herausgefunden hatte, dass Michaela und die anderen nach draußen gegangen waren, schnappte ich mir meine Jacke, um es genauso zu machen.

Ich nahm den Türgriff und erstarrte. Als ich durch das Fenster in der Hintertür schaute, konnte ich Michaela und Lucas sehen, die dicht beieinander auf der hinteren Veranda standen. Er hatte ihr einen Arm um die Taille gelegt, und sie lehnte den Kopf an seine Schulter. Sie unterhielten sich ganz dicht beieinander und – *Scheiße* – das war wie ein direkter Schlag in meine Magengrube.

Ich biss die Zähne aufeinander, fast überwältigt von meinem Drang, Lucas umzubringen. Mit bloßen Händen. Okay, das war vermutlich nicht möglich, wenn man bedachte, dass Lucas am College Sportler gewesen war und ziemlich fit aussah. Außerdem war er mein Freund, auf jeden Fall wäre das ziemlich unangenehm.

Aber *verdammt*. Warum hatte er ausgerechnet jetzt den nächsten Schritt machen müssen? Wenn ich fünf Minuten davon entfernt war, *meinen* nächsten Schritt zu tun?

Ich verzehrte mich danach, irgendeine Arschlochaktion zu unternehmen, etwa dort rausstürmen und sie unterbrechen, aber Tiffani unterbrach mich, indem sie mich fragte, was ich darüber herausgefunden hatte, wie sie nach Hause kam. Ich ließ die Tür Tür sein und warf meine Jacke weg, fast schon angeekelt.

„Ist es für dich in Ordnung, mich nach Hause zu fahren? Ich meine, falls nicht …"

„Nein, schon in Ordnung, gehen wir."

„Lass mich erst mal schnell von Donna verabschieden. Sie spült Geschirr, also gib mir ein paar Minuten, damit ich ihr beim Aufräumen helfen kann. Dann können wir los."

Also ja, ich musste den Nachmittag damit verbringen, meine Ex den Berg runterzufahren, nachdem wir gerade entschieden hatten, unser Problem nicht wieder zu kitten. Ich hatte so ein Gefühl, dass das keine gesprächige Fahrt voller faszinierender Unterhaltungen sein würde.

Mit einem ergebenen Seufzen zog ich mich in das große Zimmer zurück und sank auf das Sofa hinab, wo Nathan und Katya im neuesten Call of Duty gegeneinander antraten. Ich musste zugeben, dass es in mir brodelte.

Und ich heckte Möglichkeiten aus, um Michaela zu überzeugen, mit uns zu kommen. Ich wollte nicht, dass sie ohne mich hier oben war. Ich wollte auf keinen Fall, dass sie mit Lucas hierblieb. Wer wusste schon, was zwischen ihnen dann funken würde?

„Hey, Mann, was ist los?", fragte Nathan, nachdem ich mich hingesetzt und ihnen fünfzehn Minuten lang schweigend zugesehen hatte.

„Nicht viel, ich bin nur müde", wich ich aus. Es stimmte. Ich hatte in der vorigen Nacht kaum schlafen, während ich mir alles überlegt hatte. Jetzt hatte Tiffani die Dinge sehr viel besser übernommen, als ich es mir vorgestellt hatte, und das war eine große Erleichterung. Aber die Dinge mit Michaela hingen in der Luft, und sie wurde derzeit von einem anderen Mann getröstet, also …

Das nervte.

Ich schaute auf meine Uhr und warf einen Blick zur Küche. Tiffani saß am Tisch und unterhielt sich intensiv mit Donna. Sie wirkte auf keinen Fall, als hätte sie es eilig mit dem Aufbruch. Umso besser. Wenn sie blieb, konnte ich das auch tun.

Und vielleicht diese Gelegenheit bekommen, mit Michaela zu reden.

„Babe?", rief Donna plötzlich aus dem anderen Zimmer. „Kannst du mal kurz hier rüber kommen?"

„Kann ich nicht. Kat versohlt mir gerade den Hintern."

„O ja, das mache ich", bestätigte die hübsche Rothaarige mit einem Lachen.

„Ich muss dir nur ein paar Fragen stellen."

Nathan schüttelte den Kopf und stieß ein Stöhnen aus, als Katya ihn ein weiteres Mal übertrumpfte. Mit einem genervten

Seufzen reichte er mir den Controller. „Übernimm du für mich, ja? Du kannst auf keinen Fall schlimmer abkacken, als ich abgekackt habe."

„Abkacken ist gut", meldete sich Kat zu Wort, während sie sich begeistert zum Bildschirm beugte.

Wir spielten noch keine fünf Minuten, als Lucas durch die Eingangstür zurückkam und sich das Handy an den Kopf presste.

„Himmel, schließ die Tür. Draußen ist es kalt", fuhr ihn Kat an.

Lucas kam dem ohne ein Wort nach. Ich schaute auf. Für einen Typen, der mindestens die letzte halbe Stunde damit verbracht hatte, mit Michaela zu kuscheln, wirkte er nicht glücklich.

Er trat hinter die Couch, wo ich neben Katya saß – und ihr einen sehr viel besseren Kampf lieferte als Nathan vorher, möchte ich hinzufügen. Ich hatte ewig nicht mehr Call of Duty gespielt, also hatte Kat definitiv einen Vorteil. Zusätzlich war sie eine außergewöhnlich gute Gamerin.

Lucas sagte nicht viel auf dem Handy, aber er schien nicht glücklich über das, was er hörte.

„Ja, okay. Da kümmere ich mich gleich drum. Ich kann in ein paar Stunden da sein."

Sowohl Kat als auch ich rissen die Köpfe zu Lucas herum, als er seinen Anruf beendete, weil wir seine offensichtlichen Anzeichen der Verstörung mitbekommen hatten. Das war mehr oder weniger das Bat-Signal für alle, die in einer Spielefirma arbeiteten, besonders so kurz vor den Feiertagen.

Kurzzeitig war unser Game vergessen, und wir konzentrierten uns beide auf Lucas. Er fuhr sich mit den Händen durch die Haare.

„Was ist denn?", fragte Katya.

Er stieß langsam Luft aus. „Ein Notfallmeeting der Abteilungsleiter auf dem Campus. Die Draco-Server sind einer ständigen DDoS-Attacke ausgesetzt, seit heute früh."

„Heilige Scheiße." Kat legte ihren Controller ab. „Was ist da los? Wer ist das?"

Aber Lucas beugte sich bereits hinab, um seinen Schlafsack aufzurollen. Er schüttelte den Kopf. „Keiner weiß was. Ich muss offensichtlich da runterfahren. Ich bin froh, dass ich selbst hochgefahren bin. Ich muss sofort los."

Von uns anderen war niemand sonst Abteilungsleiter, also hatten wir keine Pflicht zur Teilnahme, obwohl ich annahm, dass ich später am Tag ein paar panische Nachrichten von meinem Chef bekommen würde. Na, das waren inmitten von allem gute Neuigkeiten für mich. Falls ich auch wegmusste, würde zumindest Lucas nicht mit Michaela hier oben bleiben.

Nathan, Donna und Tiffani kamen alle aus der Küche. „Ich habe gerade eine Nachricht erhalten, in der steht, was los ist", sagte Nathan zu Lucas. „Du fährst los?"

Lucas zog den Reißverschluss seiner Reisetasche zu, stand auf und lud sie sich auf die Schulter. „Ja, ich muss los."

„Kannst du ..." Tiffani trat um Nathan herum und strahlte Lucas mit einem charmanten Lächeln an. „Macht es dir was aus, wenn du mich mit nach unten nimmst? Und keine Sorge, wenn du direkt zu Draco fährst. Ich wohne in der Nähe, und ich kann von dort einfach ein Uber nehmen. Dann spart sich Jeremy die Fahrt."

Lucas nickte. „Klar, kein Problem. Bist du bereit zum Aufbruch?"

Ich stand auf und holte Tiffanis Taschen für sie, während Kat Tiffani fragte, weshalb sie schon früh aufbrach, und hörte die Entschuldigung nicht, die sie vorbrachte. Aber ich lud ihr Zeug hinten in Lucas' Oldtimer-Mercedes ein und schloss die Tür, dann drehte ich mich um, um den Hof zu mustern und herauszufinden, wohin Michaela verschwunden war. Sie war nirgends zu sehen.

Als Lucas und Tiffani herauskamen, umarmte ich sie und gab ihr einen Kuss auf die Wange. „Falls ich dich vor Weihnachten nicht mehr sehe, hab eine gute Fahrt nach Hause und tolle Feiertage mit deiner Familie."

Tiffani zog sich zurück, schaute zu mir auf und lächelte. „Danke, und ich hoffe, du hast auch ein tolles Weihnachtsfest. Sagst du Michaela, dass ich sie zum Abschied grüße, und dass wir immer noch morgen Abend zu Hause unseren Filmabend vor uns haben?"

Dann warf sie einen Blick zur Seite und schaute Lucas in die Augen, dem sie ein kokettes Lächeln zuwarf. „Ich danke dir, Lucas. Du bist der Beste."

„Gar kein Problem."

Ihr Lächeln wurde breiter, und ich sah hier womöglich den Anfang von etwas. Ich erinnerte mich daran, wie Tiffani im Auto gestern vor Michaela über Lucas geredet hatte. Vielleicht war sie selbst ein bisschen in ihn verliebt.

Hmm. Ich spannte das Kinn an. Also hatten beide Mädchen Interesse an ihm? Was zum Teufel hatte er, was ich nicht hatte?

Ich öffnete die Tür, damit Tiffani einsteigen konnte, und sobald sie eingestiegen war, schloss ich sie. Lucas öffnete seine eigene Autotür, aber bevor er sich hinsetzen konnte, kam Katya durch die Eingangstür geplatzt und lief zu ihm.

„Lucas – ich kann nicht glauben, dass du das vergessen hast!"

Er wandte sich zu ihr. „Was vergessen?"

Sie holte eine Hand hinter dem Rücken hervor, wo sie etwas versteckt hielt. Dann streckte sie den Arm zu ihm aus und hielt ihm den Hauskaktus im Topf hin. „Du hättest fast Stachel vergessen. Der wird bestimmt ganz schlaff und krumm, wenn du ihn so ignorierst."

Lucas fluchte tonlos, dann aber schnappte er sich die Pflanze im Topf aus ihren Händen. „Ach, das werde ich dir zurückzahlen, Cranberry. Wart nur ab."

„Viel Glück damit. Ich bin die ganze nächste Woche in der Karibik!", flötete sie, lief zurück zum Haus, während sie weitere Flüche über die Kälte ausstieß.

Lucas steckte den Kaktus zwischen ein paar Taschen auf den Boden des Rücksitzes. Einmal mehr war er bereit zum Einsteigen, als ich ihn aufhielt, bevor er die Tür öffnen konnte.

„Wo ist Michaela?", fragte ich so leise, dass Tiffani im Auto es nicht hören würde.

„Sie sagte, sie braucht einen langen Spaziergang, um allein zu sein und den Kopf klar zu kriegen. Ich glaube, weiter die Straße lang gibt es ein kleines Einkaufszentrum, und sie wollte Kaffee. Vielleicht war sie dahin unterwegs."

Ich runzelte die Stirn. „Was? Geht es ihr gut? Was hast du zu ihr gesagt? Worüber habt ihr die ganze Zeit auf der Veranda geredet?"

Seine dunklen Augenbrauen gingen hoch. „Du solltest mit ihr reden, Bro. Sie wird dir alles sagen, was du wissen musst."

Ich blinzelte ihn an, und er nickte, dann öffnete er die Autotür und glitt nach drinnen.

Ich murmelte „gute Fahrt", während ich mir mit den Fingern durch die Haare fuhr und versuchte, herauszufinden, was seine kryptische Anmerkung zu bedeuten hatte. Offensichtlich musste ich das bei Michaela herausfinden. Falls ich sie überhaupt aufspüren konnte. Mittag war schon lange vorbei. Vielleicht war sie losgezogen, um sich was zu essen zu holen?

Aber wo?

Ich riss mein Handy heraus und schrieb ihr eine Nachricht. Aber ich bekam nichts zurück, nur das Signal, dass der Text zugestellt worden war. Keinen Hinweis, dass er gelesen worden war, oder kleine Pünktchen, die sofort eine Reaktion versprachen. Nichts.

Ich wartete und schickte ihr noch ein paar Nachrichten. Das ging stundenlang so. Ging es Michaela gut? Warum antwortete sie nicht?

Ich bekam eine Antwort, als ich loszog, um mein Handy zum Laden einzustecken und ihres dort liegen sah, ganz geladen.

Da die Wintersonnenwende schon kurz bevorstand, wurde es früh dunkel, besonders hier oben in den Bergen. Es war kurz nach vier Uhr nachmittags, und der Himmel war bereits ziemlich düster.

Dazu versprachen die Wolken am Himmel noch bald frischen Schnee.

Sie war schon seit Stunden da draußen. Und wie ich war sie durch und durch eine Südkalifornierin. Wir waren nicht an kaltes Wetter gewöhnt. Okay, es war ja vielleicht noch nicht weit unter null Grad. Aber warum hatte ich plötzlich das Gefühl, als wäre ich Chewbacca, als sie die Schildtore der Echobasis auf Hoth schlossen, während Han immer noch draußen in der eisigen Nacht war?

Verzweifelt zog ich mich an – Jacke, Mütze, Handschuhe, dicke Socken, Stiefel und eine Taschenlampe. Dann ging ich hinaus in das trübe, wässrige Licht, das schnell nachließ. Ich konnte nur hoffen, dass sie nicht so weit weg war, dass diese Suche nutzlos sein würde.

Kapitel Neun
MICHAELA

Dieses ganze Wochenende war jenseits aller Worte verwirrend gewesen, und es war gerade mal halb vorüber. Um alles noch schlimmer zu machen, war ich den Großteil des Tages über ohne mein Handy weg gewesen. Zum Glück hatte ich daran gedacht, mir meine Geldbörse zu schnappen. Ich hatte ein paar Stunden in der Wärme eines Ford Courts in einem Einkaufszentrum ein paar Kilometer die Straße entlang verbracht und über mein Leben nachgedacht, während ich am Kaffee genippt und Leute beobachtet hatte.

Nun, da ich mich zu Fuß in der kristallblauen Dunkelheit der Dämmerung dem Haus näherte, leuchtete es golden aus jedem Fenster unseres Heims in den Bergen, durch die Tür mit den Glaseinsätzen und das Dachfenster. Aber ich zögerte. Obwohl ich den ganzen Tag weg gewesen war, war ich immer noch nicht bereit, wieder hineinzugehen und mich allen zu stellen – Tiffani und besonders Jeremy.

Ach. Es war einfach alles zu verwirrend. Früher am Tag hatte ich eine überraschend tiefgründige Unterhaltung mit Lucas geführt. Wir hatten uns einander anvertraut. Das war so komisch, nachdem wir uns eigentlich erst einen Tag kannten.

Aber wir verstanden uns – nur als Freunde. Trotzdem war es ein gutes Treffen gewesen.

Diese seltsame Art, wie Lucas Tiffani beschrieben hatte – jemand mit kultivierter Haltung –, kam mir eher vor wie jemand, der klüger schien, als es sein Alter nahelegte. Jemand, der im Leben eine Menge mitgemacht hatte, obwohl er noch nicht so alt war. Also war es mir natürlich und fast schon leicht vorgekommen, ihn um Rat zu fragen, obwohl ich Jeremys Namen überhaupt nicht erwähnte.

Er hatte bestätigt, dass ich die richtige Entscheidung getroffen hatte, indem ich Jeremy gesagt hatte, dass wir nicht reden sollten, bis er die Dinge mit Tiffani geklärt hatte. Also war ich jetzt in dieser bizarren Zwischenzone. Diesem Niemandsland der Beziehungen. Und dort wartete ich auf die Entscheidungen von anderen, die eine heftige Wirkung auf meine eigene Zukunft haben würden.

Seit Jeremy letztes Jahr zurück in mein Leben gekommen war, war es mir schwergefallen, an andere Typen zu denken – selbst denjenigen, mit dem ich zu der Zeit eine Beziehung gehabt hatte, Sean. Jeremy und ich hatten unsere Kindheitsfreundschaft genau dort wieder angefangen, wo wir sie in dem Jahr aufgegeben hatten, als Jeremy ans College gegangen war.

Wir waren auf dieselben alten Gewohnheiten verfallen, unsere alten Interessen. Aber wir waren Freunde gewesen. Nur Freunde. Gute Freunde. Gute, gute Freunde.

Und nun hatten wir herausgefunden, dass wir Freunde waren, bei denen, als sie sich endlich küssten, Funken flogen, mit denen man gut und gerne das Haus abbrennen konnte. Aber wir mussten abwarten, um zu sehen, was das bedeutete, wenn wir beide beschließen würden, dass wir es weiter erkunden wollten.

Ich machte einen Bogen um den Rand des Grundstückes, auf dem das Haus stand, unterwegs zu dem unbebauten Grundstück in der Nähe und den Wäldchen daneben. Nackte Baumstämme und Äste reckten sich zum Himmel, über den dunkle Wolken zogen. Die Luft um mich herum wirkte still, gedämpft. Alles war ruhig. Meine Augen tränten, meine Nase brannte vor der Kälte. Ich hatte keine Handschuhe dabei, darum hatte ich die Hände tief in die Taschen geschoben, weil ich sie warmhalten wollte.

Ich war bereit, aufzugeben und wieder in das Haus zu gehen ... als mir eine Gestalt in der Nähe auffiel. Eine Person, die durch den kahlen Wald direkt auf mich zukam.

Ich erkannte Jeremys blaue Ski-Jacke mit dem gelben Saum. Mein erster Instinkt war, ihm aus dem Weg zu gehen und zurück zum Haus zu gelangen, bevor er auf mich traf, doch ich kämpfte dagegen an. Offensichtlich hatte er etwas zu sagen. Oder vielleicht machte er sich Sorgen, weil ich so lange weg gewesen war. Ich war immerhin nicht erreichbar gewesen, da ich mein Handy am Ladekabel hatte hängen lassen.

Seine Schritte wurden schneller, je näher er kam – lange und entschlossen. Ich bezweifelte, dass ich hätte weglaufen können, selbst wenn ich das gewollt hätte. Nein, gerade jetzt, während meine Wangen und Ohrläppchen stachen, machte ich einen verzweifelten Versuch, alles aufzuwärmen, indem ich mir die Hände ans Gesicht legte und heftig hineinblies.

„Hey, was machst du denn?"

Ich zuckte mit den Schultern. „Im Winterwunderland spazieren gehen?"

Er lachte. „Aber Baby, es ist kalt hier draußen. Und echt jetzt, du bist doch bestimmt am Erfrieren", sagte er, als er in meine Nähe kam, dann zog er seine Jacke aus. „Hier ..."

Ich winkte ab. „Ich habe eine Jacke. Gib mir doch nicht deine, sonst wirst du erfrieren.“

„Mir geht's gut.“ Er zog seine Handschuhe aus. „Nimm doch wenigstens die an.“

„Ich wollte gerade reingehen …“

Er griff vor und legte die Finger sanft um mein Handgelenk. „Bitte nicht. Auf jeden Fall noch nicht. Keiner von uns wird gleich vor Unterkühlung umfallen, wenn wir noch ein paar Minuten bleiben.“

Ohne zu protestieren zog ich seine Handschuhe an, und meine Hände brüllten mehr oder weniger vor Erleichterung, während sie vor ein paar Sekunden noch vor Schmerz in der Kälte gebrüllt hatten. Ich legte mir die neubedeckten Hände auf die Wangen und Ohren.

„Hier. Ich bin warm. Lass dich von mir wärmen.“ Er öffnete die Arme, und zögerlich ging ich zu ihm. Er zog mich dicht an sich, und ich vergrub mein eiskaltes Gesicht im warmen Stoff seines dicken Strickpullis. Ich inhalierte seinen Geruch, spürte das Prickeln einer anderen Art Wärme, die mein Rückgrat hinablief. Ich schloss die Augen, verlor mich in diesem Gefühl.

Es fühlte sich toll an, tröstlich.

„Warum bist du ganz allein hier draußen?“, fragte er mit gedämpfter Stimme, so leise und feierlich wie die Welt um uns.

Ich zuckte mit den Schultern, obwohl ich bezweifelte, dass er das aus diesem Winkel erkennen konnte. „Ich denke nur …“

„Worüber?“

Ich schaute weg. „Darüber, wie sich das alles am Ende fügen wird.“ Ich atmete ein, meine Nase an seinen Pulli gepresst, während mir klar wurde, dass die Gefahr bestand, dass Tiffani vielleicht herauskam und uns so fand.

Ich wollte ihr nicht wehtun. Ich begann, mich wegzuschieben, doch Jeremy hielt mich fest.

Er presste die Lippen aufeinander. „Es tut mir leid, dass du so verwirrt bist. Aber ich bin es auf gar keinen Fall."

Neben ihm bibberte ich, mir war plötzlich wieder kalt, und er wies mich an, die Arme unter seine Jacke zu schieben. Bald schon erwiderte ich seine Umarmung.

„Ich mache mir Sorgen, dass Tiffani rauskommt und uns sieht."

„Wird sie nicht. Sie ist heute Nachmittag heimgefahren. Lucas hat sie mitgenommen."

Ich legte den Kopf schief, um ihm ins Gesicht zu schauen. „Echt? Warum? Ist sie wütend?"

„Nicht, dass ich es gemerkt hätte. Ich meine ... Wir waren beide der Meinung, dass dieser Neuanfang nicht wirklich funktioniert, und dass wir dazu verdammt wären, unsere früheren Fehler zu wiederholen. Tatsächlich sind wir bereits in das Muster gefallen, und es sind nur ein paar Tage gewesen. Ich – ich muss dir deswegen ein Geständnis machen."

Ich räusperte mich, denn plötzlich hatte ich einen Kloß im Hals. Dieses Gefühl, das sich in meiner Brust zusammenballte, hatte noch nicht beschlossen, ob es Nervosität oder Freude sein wollte, oder vielleicht eine seltsame Mischung aus beidem.

„Ein großer Teil des Grundes, warum ich bei Tiffanis Vorschlag, wieder zusammen zu kommen, mitgemacht habe, war, weil es bedeutete, dass ich dich wieder sehen würde. Ich wusste zu dem Zeitpunkt nicht, dass du und Sean euch getrennt habt. Und nachdem Tiffani und ich uns zum ersten Mal getrennt haben, war ich weggeblieben, weil es mir immer schwerer gefallen ist, dich mit Sean zu sehen. Aber als ich gerade herausgefunden habe, dass du jetzt wieder Single bist, hatte ich Tiffani bereits versprochen, es noch mal zu probieren."

Ich runzelte die Stirn. „Was wäre passiert, wenn … wenn du herausgefunden hättest, dass ich Single bin, aber nicht diesen Neuanfang mit Tiffani geplant hättest?"

Er holte tief Luft und stieß sie langsam aus, der Atem tanzte sichtbar vor seinem Mund. „Ich hätte dich ohne zu zögern gefragt, ob du mal mit mir ausgehst. Oder dir angeboten, erst mal ein Freund zu sein, eine Schulter, an der du dich wegen Sean ausweinen kannst, falls du das gebraucht hättest. Aber ich wusste, was ich wollte. Ich wusste das, seit ich hier runterkam und wir wieder Zeit zusammen verbracht haben. Aber du warst damals mit Sean zusammen."

Ich schaute nach unten, nickte stumm und verdaute das alles. Er hatte die ganze Zeit so empfunden? Genau wie ich?

„Ich hätte auf dich warten sollen, Mic."

Ich stieß ein schwaches Lachen aus. „Damit bürdest du dir eine Menge auf. Es ist über ein Jahr her, seit du zurückgekommen bist."

Er zog sich so weit zurück, dass er mir in die Augen schauen konnte. „Das wäre es wert gewesen. Das hätte ich die ganze Zeit schon tun sollen."

„Ich – ich kann das nicht glauben", flüsterte ich schließlich.

Sein Gesicht erstarrte, als hätte er plötzlich Angst, dass er nicht die Reaktion bekommen würde, auf die er hoffte. „Was kannst du nicht glauben?"

„Dass du ganz genau dasselbe durchgemacht hast wie ich. Ich hätte mich schon vor Monaten von Sean trennen sollen. Wir haben doch so lange einfach nur noch was vorgespielt. Aber da du und Tiffani zusammen wart, hatte ich die Hoffnung verloren. Und die Zeit stand nie auf unserer Seite."

Er lächelte. Ich konnte die Erleichterung deutlich in seinen Augen erkennen. „Vielleicht ändert sich das jetzt."

Er legte mir eine Hand unters Kinn. Sie war kalt, weil er seine Handschuhe mir überlassen hatte. Ich schloss die Augen, während sein Daumen über meine Wange strich. „Und was lässt dich das glauben? Dass sich die Dinge jetzt ändern werden?", stieß ich in der eisigen Luft um uns herum hervor.

„Weil ... weil ich eine Menge Zeit hatte, in den letzten paar Tagen nachzudenken, seit ich herausgefunden habe, dass es vielleicht eine Chance bei dir gibt. Und ich bin zu einem sehr wichtigen Schluss gekommen."

„Welchem?", drängte ich, als er zögerte. Unsere Blicke trafen sich, und er schluckte.

„Dass es immer du gewesen bist." Diese Worte schienen zwischen seinen Lippen hervorzuquellen, sich mit dem blassen Nebel zu vermischen, der aus unseren Mündern entwich, während wir atmeten. Dieser Phantomatem und unsere Worte verbanden sich zu etwas Überweltlichem zwischen uns. Meine Kehle spannte sich an.

„Ich ..." Ich schüttelte den Kopf, fand keine Worte, um zu antworten, wurde sowohl von meiner Freude als auch meiner Angst zum Schweigen gebracht.

Jetzt hielt er mein Gesicht in beiden Händen, schaute mir tief in die Augen. „Immer, Mic. Seit dem ersten Tag, als ich rüberkam, um mit deinem Bruder in der Mittelstufe zu spielen, und du uns nicht in Ruhe lassen wolltest. Seit dem Tag, als ich dir geholfen habe, als du dir die Knie aufgeschlagen hattest. Als du deinen Mathetest nicht geschafft hast und versucht hast, deine Tränen zu verbergen, als du mich gefragt hast, ob ich es dir beibringen kann. Seit dem Tag, an dem du mir geholfen hast, meine Abschlussrede immer wieder zu üben, sie dir stundenlang angehört hast, mir geholfen hast, sie mir zu merken, und jedes einzelne Mal geklatscht hast, wenn ich damit fertig war. Seit …"

„Seit dem Anfang", sagte ich, meine Stimme bebte, in meinen Augen gingen plötzlich Tränen über, die überhaupt nichts mit der Kälte zu tun hatten.

Er nickte. Ich stellte mich auf die Zehenspitzen, um ihm die Hände um den Nacken zu legen und ihn zu mir herabzuziehen. Und da er es gestern Abend zwischen uns begonnen hatte – da er *endlich* den nächsten Schritt getan hatte – war heute Abend ich dran.

Sein Mund senkte sich auf meinen, und ich schmeckte ihn, seine warmen, festen Lippen. Ich spürte diesen Kuss deutlich bis hinab in die Zehen. Er prickelte und zischte durch meinen Körper, jeden Körperteil. Seine Lippen öffneten sich, meine Zunge tanzte mit seiner, kommunizierte ohne Worte, nur mit Gefühlen – die lange durch Angst und Unsicherheit darüber weggeschlossen gewesen waren, dass der andere nicht das spürte, was man selbst spürte.

Und diese Verbindung zwischen uns wurde zu einem Kanal, wie ein Schaltkreis, der geschlossen wurde, während Energie von ihm ausging, zu mir und wieder zu ihm zurück, in einer unendlichen Schleife, die sich selbst verstärkte. Bald war es eine wogende Welle, die drohte, über unser hereinzubrechen. Sein Atem drang in meinen Mund ein, meiner in seinen. Diese Verbindung – Zungen und Hände und Körper, die sich aneinanderpressten – schien nicht zu reichen, um auszudrücken, was zwischen uns auf einer unsichtbaren Ebene geschah.

All die Jahre in der Highschool, in der ich ihn angebetet hatte, voller Angst, dass er nie dasselbe spüren würde. Und offensichtlich hatte er das. Und wir hatten, was? Sechs Jahre verloren? Sieben?

Aber jetzt küsste er mich, seine Lippen spielten mit meinen auf eine köstliche Art. Meine Augen schlossen sich flatternd, die Hitze in meiner Brust baute sich bei jedem Atemzug auf, den er mir stahl, nur um ihn noch heißer als vorher zurückzugeben.

Trotz all der Zeit, in der wir einander immer wieder verpasst hatten, konnte ich um die Jahre nur dankbar sein, die wir beim Aufwachsen gehabt hatten, um Selbstsicherheit zu finden, einander wiederzufinden und mit offenem Herzen aufeinander zuzugehen.

Als sein Mund meinen verließ, neigten sich unsere Köpfe zusammen, meine Stirn an seiner. Meine Finger in den Handschuhen durch seine bloßen geschoben. Und mir konnten die blassen weißen Punkte überall auf seiner Jacke gar nicht entgehen, seiner Mütze, auf seinen Handschuhen. Es schneite.

Fast, als hätte die Welt entschieden, ihre Zustimmung herabregnen zu lassen, weil wir einander endlich gefunden hatten. *Wow.*

„Schneeflocken auf meinen Wimpern …", flüsterte ich, sang es beinahe.

„Was?"

„Eins von meinen liebsten Dingen." Ich lachte. „Aus *Meine Lieder, meine Träume.*"

„Natürlich." Er schnaubte, dann neigte er den Kopf zu mir, um mich wieder zu küssen. „Was ist mit Küssen? Stehen die auch auf der Liste?"

Ich lachte und küsste ihn erneut. „Auf jeden Fall. Absolut." Ich wandte mein Gesicht hinauf in den Schnee. Die Flocken fingen sich in meinen Haaren und brannten auf meinen Wangen. „Was heißt das denn nun?", fragte ich.

Seine Finger legten sich um meine. „Es heißt, dass wir endlich unseren Versuch bekommen, wenn du möchtest."

Ich lachte. „Natürlich möchte ich."

„Und dass wir es langsam angehen sollten."

Ich nickte, die Stirn noch an seiner. „Das ist eine echt gute Idee. Wir sollten darüber reden, was das bedeutet – drinnen."

Wir lachten zusammen, da er angefangen hatte, zu bibbern. Seit die Sonne untergegangen war, war die Temperatur stetig gefallen. „Und am Feuer. Ja, das sehe ich auch so."

Er nahm mich an der Hand, und zusammen gingen wir zu dem beleuchteten Haus. Mein Kopf sank auf seine Schulter, meine Augen schlossen sich kurz, noch während mein Herzschlag vor Vorfreude schneller wurde.

Endlich geschah es. Meine ganzen mädchenhaften Fantasien sahen aus, als würden sie wahr werden.

Und vielleicht würde die Realität ihnen sogar gleichkommen. Oder vielleicht wäre sie noch besser.

„Jeremy." Ich hielt auf der Veranda inne, bevor ich die Tür öffnete.

Er drehte sich um, um mich anzusehen, die Augenbrauen gehoben, ohne die Frage zu stellen. „Für mich warst es immer du."

Er blinzelte, dann lächelte er, zog mich in eine weitere Umarmung.

Und wer wusste das schon, in diesem frühen Stadium, ganz am Anfang? Wir hatten geschworen, es langsam anzugehen, und ich war mir sicher, dass das aus all den Gründen, die wir kannten und vermutlich auch ein paar Gründen, die wir noch nicht kannten, eine gute Idee war.

Aufregung und große Freude strömte durch mich hindurch, während ich diese Gefühle auch in seinen Zügen gespiegelt sah.

Trotz dieses ganz frühen Anfangs für uns hatte ich das starke Gefühl, dass es von hier an nur noch ihn für mich geben würde. Und für ihn nur noch mich.

KAPITEL ZEHN
KATS DILEMMA

JEDI-JUNGE: *CRANBERRY – DEINE LETZTEN BUG-REPORTS WAREN* unvollständig. *Ich hoffe, du bist unterwegs ins Büro. Ich brauche diesen Mist, und zwar vorgestern.*

Ich: *Bin gerade angekommen. Diese Berichte sind so was von vollständig. Du musst aufhören, dir ständig Ausreden einfallen zu lassen, nur um mich zu treffen.*

Jedi-Junge: *Nicht jeder kann einfach seine Arbeit stehen und liegen lassen, um sich wochenlang in der Karibik in die Sonne zu hauen.*

Ich: *Neid steht dir überhaupt nicht.*

Jedi-Junge: *Allmählich nervst du.*

Ich: *Ich liebe dich auch, Schatzzzzzz! <3 <3 <3 *knutsch**

Ich schaute auf und musterte den großen Raum, den Heath und ich gerade betreten hatten, auf dem Weg zur Gepäckausgabe. Überall waren Schilder, die ihn als *Zoll und Einreise* bezeichneten.

Mein Mitbewohner – und Reisegefährte – beugte sich mit einem wissenden Grinsen zu mir. „War das schon wieder dein Teamleiter? Wir sind doch gerade erst gelandet. Hat er die Flugdaten nachverfolgt?"

Ich zuckte mit den Schultern. „Vermutlich. Er kann seine verdammte Abteilung ohne mich offenbar nicht leiten."

Heath zwinkerte mir übertrieben zu. „Vielleicht ist das mehr als nur ein Arbeitsding. Ich wette, er hatte Sehnsucht nach dir."

Ich schüttelte den Kopf. „Die dumme Theorie über diese Sache kaufe ich dir nicht ab."

Er zuckte mit seinen riesigen Schultern. „Spielt keine Rolle, ob du sie mir abkaufst oder nicht. Jemand, der dich so oft nervt, wie er das macht, tut das nicht nur wegen der Arbeit. Er will dich."

„Vielleicht genießt er einfach nur die Rolle als Riesen-Nervensäge."

Heath deutete auf ein Schild, auf dem sowohl Stars and Stripes waren, als auch ein großes rotes Ahornblatt. „Da drüben. Kanadier gehen durch dieselbe Schlange wie Amerikaner."

„Was für ein Glück für uns." Ich steckte mir mein Handy wieder in die hintere Hosentasche und begann in meinem Rucksack nach meinem Pass zu wühlen, während wir uns anstellten.

Wir mussten durch lange Bahnen aus ausfahrbaren Nylon-Sperrbändern, die einen kleinen Irrgarten ergaben. Rund um mich herum schnappte ich viele verschiedene Sprachen auf. Spanisch vor allem, aber auch Arabisch und Chinesisch. Die Leute, die diese Sprachen sprachen, wirkten genauso abwechslungsreich wie die Sprachen selbst – Frauen in bunten Hijabs, Männer in Roben oder locker sitzenden Hosen. Alle wirkten nach ihren eigenen langen Flügen so erschöpft, wie ich mich fühlte.

Dass ich hörte, wie Französisch gesprochen wurde, erinnerte mich seltsamerweise an zu Hause. Ganz gleich, wo jemand in

Kanada wohnte, selbst in den englischsten Provinzen wie meiner Heimat British Columbia, konnte man den kuscheligen Akzenten von gesprochenem Französisch nicht entkommen. Trotz all der Jahre, die ich es in der Schule hatte belegen müssen, verstand ich allerdings kaum ein Wort.

„Hier ist es normalerweise rappelvoll. Wir sind wohl gerade in einer Flaute angekommen", bemerkte Heath.

Während wir direkt zur Passkontrolle gingen, hielt ich den Kopf gesenkt. Ich hatte keine Ahnung, ob sie hier Gesichtserkennungskameras benutzten. Und es war vermutlich nur Paranoia von der Art, bei der man einen Aluhut trug, anzunehmen, dass jemand aktiv nach mir suchen würde. Aber falls ich irgendwo in einer Datenbank war …

Atme, Kat. Sei nicht nervös. Ich schluckte, versuchte, den Puls zu ignorieren, der in meiner Kehle hämmerte, der mir den Mund trocken werden ließ. Ich hatte meine Wasserflasche im Flugzeug ausgetrunken und war völlig ausgedörrt. Und verdammt, ich musste unbedingt mal auf die Toilette. Konnte ich jetzt raus zur Toilette rennen? *Atme, Kat. Zeig deine Angst nicht.*

In meinem Gehirn blitzte in Lichtgeschwindigkeit jedes mögliche Problem auf, zu dem es kommen könnte.

Nein. Es würde *keine* Probleme geben, versicherte ich mir. Ich schüttelte die Anspannung aus meinen Schultern. *Ich kriege das hin.*

Es würde doch kein Problem geben, oder?

Regierungen kommunizierten normalerweise nicht so gut untereinander. Auf keinen Fall würde dieser Passkontrolleur hier wissen, was in Kanada los war. Amerikaner machten sich kaum je die Mühe, viel über das Land mitzubekommen, das gleich nördlich von ihnen lag. Nachlässigkeit wurde damit meine Verbündete.

„Ladys first", bedeutete mir Heath, als der nächste Passkontrolleur frei wurde, und ich drängte mich vor ihn, verzog das Gesicht bei seiner blumigen Ritterlichkeit.

„Ich werde es jegliche Ladys wissen lassen, die ich hier treffe. In der Zwischenzeit erst mal unschlagbare Gamer-Girls", erwiderte ich, und er schnaubte.

Es würde sicher gut gehen. Völlig normal laufen. Aber wenn es nichts gab, um das man sich Sorgen machen musste, weshalb donnerte dann mein Herz bis hinauf in meine Kehle, während ich das winzige marineblaue Heftchen über den Tresen zu dem Mann in der Kabine schob?

Ich grinste breit und hoffte, mein Lächeln, wenn ich Zähne zeigte, würde meinen Ablenkungsplänen helfen.

„Hallo auch. Wie geht's ihnen?", flötete ich.

Der Mann, von mittleren Alter und mit totem Blick, zeigte überhaupt keine Reaktion. Seine Wurstfinger schnappten sich meinen Pass, und er blätterte ungeschickt zur richtigen Seite vor. Ich wartete, während er zu meinem Bild blätterte und dann das Heftchen vor sich hielt, um vom Bild auf mein Gesicht zu schauen und wieder zurück.

„Name?"

„Katharina Ellis." Ich verzog das Gesicht und posierte im Profil. „Tut mir leid wegen des hässlichen Fotos. War nicht gerade meine Schokoladenseite."

Keine Reaktion. Er tippte bereits die Nummer auf meinem Pass in seinen Computer. Meine Finger trommelten – ganz von allein – auf den Tresen vor mir. Ich legte meine freie Hand darauf, damit sie aufhörten, und trat von einem Bein aufs andere.

Ich versuchte einige beruhigende Yogatechniken, als mir klar wurde, dass mein rascher Atem dafür sorgte, dass sich meine Brust schnell hob und senkte. *Atme langsam durch die Nase ein. Halt die Luft an. Zähle bis drei. Anschließend durch den Mund wieder aus.*

Der Mann achtete nicht darauf, stattdessen musterte er seinen Bildschirm. Heath war bereits durch seine Kabine durch und stand da, seinen amerikanischen Pass in der großen Hand. Auf der anderen Seite wartete er auf mich. Leute gingen an ihm vorbei, um zur Gepäckausgabe zu gehen.

Ich fing seinen Blick auf, und er hob die Augenbrauen vor mir, als wolle er fragen, was los war. Ich schüttelte den Kopf und zuckte mit den Schultern. Hätte es kein Schild gegeben, das während der Passkontrolle Handys verbot, hätte ich meins rausgezogen, um ihm zu schreiben.

„Wie lange waren Sie außer Landes, Ms. Ellis?"

„Nur zwei Wochen. Zur Hochzeit einer Freundin." Meine Stimme bebte, und ich versteckte das Geräusch in einem lauten Husten.

Der Mann sah mit gerunzelter Stirn auf seinen Computerbildschirm, während er noch etwas eintippte. Gab es ein Problem? Was? Was sah er auf diesem winzigen Bildschirm, das ihn sogar noch finsterer dreinblicken ließ als vorher? Der Puls in meiner Kehle fing an zu pochen. Ich schluckte dagegen an und widerstand dem Drang, mir die verschwitzten Handflächen an der Jeans abzuwischen. Wenn ich das tat, hätte ich auch gleich vor der ganzen Welt laut sagen können, dass ich womöglich eine Flüchtige war. Meine Nervosität hätte nicht offensichtlicher sein können, wenn ich es darauf angelegt hätte.

Ich tröstete mich mit dem Gedanken, dass es sehr wahrscheinlich nur eine neue Prozedur oder vielleicht das System war, das heute langsam arbeitete, dann atmete ich wieder ein und versuchte, meinen Daumennagel bis zu einem Stumpf abzukauen. Ich beobachtete sorgsam den Angestellten.

Dann hatte er plötzlich einen Freund, der neben ihm stand. Oh, oh. Seit wann bekamen Kanadier die volle Sicherheitsmaßnahme? Wir waren die fröhlichen, höflichen nördlichen Nachbarn der Yankees, über die sie gerne Witze rissen, und wir nahmen das gelassen hin. Es war keine zusätzliche Security nötig. Außer …

Das waren neue Vereinigte Staaten von Amerika. Gebt uns bloß nicht eure Müden, eure Armen, eure geknechteten Massen. Wir brauchen sie nicht mehr.

„Ms. Ellis, können Sie mit mir kommen?"

Jetzt lief es wirklich scheiße. Verdammt. Ich wusste, dass ich das Land nicht hätte verlassen sollen. Aber wie zum Teufel hätte ich Adams und Mias Hochzeit verpassen können? Und wie hätte ich ihnen sagen können, dass ich nicht kommen konnte?

Und wie sollte ich Adam, meinem Boss, erklären, dass ich nicht mal legal für seine Firma arbeitete?

In meiner Tasche summte mein Handy. Ich schaute zu Heath, und er hatte kein Handy in der Hand, also war es wohl Lucas, der versuchte, mich zu erreichen.

Ich erstarrte, ein kanadisches Reh in den Scheinwerfern der US-Einwanderungsbehörde. „Ms. Ellis? Wir haben ein paar Fragen. Kommen Sie bitte mit mir zu einer Durchleuchtung?"

Mein Passkontrolleur stand nun auf, als würde er erwarten, dass ich davonlief. Wo zum Teufel sollte ich hin?

Heath kam auf uns zu, und ein Beamter drehte sich um, hob eine Hand. „Kommen Sie nicht näher. Sie sind bereits durch die Kontrolle durch."

Heaths Stirn legte sich in Falten, und er hielt eine Hand vor. „Sie ist eine Freundin. Ich will bei ihr bleiben."

„Sie werden warten müssen."

„Wie lange dauert das?"

„Keine Ahnung. Gehen Sie zur Gepäckausgabe und warten Sie dort. Und kommen Sie nicht näher."

Ich wandte mich an Heath, wir schauten uns in die Augen, und ich schüttelte den Kopf. Die Sorge in seinen Augen war klar – seine blonden Augenbrauen waren zusammengekniffen, so fest, dass sie wie eine große Monobraue wirkten.

„Ms. Ellis? *Jetzt,* bitteschön."

Ich wandte mich zurück zu dem Beamten. „Aber meine Taschen."

„Die werden Sie brauchen."

„Kann ich sie mir holen? Oder kann er sie für mich holen?" Ich deutete auf Heath.

„Er braucht einen Beamten, der mit ihm geht."

Mein Kontrolleur drückte einen Knopf, und innerhalb weniger Sekunden tauchte noch ein genauso missgelaunter, unauffälliger Mann auf. Es war, als hätte er sich geklont.

Ich wandte mich an Heath, hob eine Hand ans Ohr, wie ein Handy, und sagte tonlos: *Ruf einen Anwalt an.*

„Die Kanadier?", erwiderte er. Er meinte wohl das kanadische Konsulat, und ein Hauch Angst schoss durch mich hindurch. Scheiße, nein, das wäre noch schlimmer. Ich schüttelte heftig den Kopf, die Augen aufgerissen. *Kein Konsulat,* murmelte ich tonlos, aber er wirkte verwirrt, als hätte er keine Ahnung, was ich da sagte.

Dann packte mich Bully Nummer 2 am Arm und zog mich dorthin, wo immer ihre Folterkammer lag. Ich fragte mich, wie viele Stunden Waterboarding ich wohl mitmachen musste, bis ich nach Guantanamo verlegt wurde. *Diese verdammten barbarischen Yankees.*

Zum Glück war ich die gute Kat, nicht die böse Kat, und biss mir auf die Zunge. Die böse Kat geriet wegen ihres großen Mauls in allerlei Schwierigkeiten. Ich war in einem, wie es manche nennen könnten, halb-barbarischen Land, das immer noch die Todesstrafe durchführte und keinen verpflichtenden Mutterschutz kannte. Trotz dieser Fehler wollte ich allerdings weiter in den Staaten leben. Ich brauchte meine ganze Konzentration, um die Zeilen von *Oh, Canada* zu ignorieren, die mir unerwünscht durch den Kopf gingen. Der wahre Norden, stark und frei!

Sie führten mich in einen kleinen, fensterlosen Raum mit zwei Stühlen, einem Tisch und einer Bank. „Warten Sie hier."

Und dann sperrten sie die Tür *ab*! Sie sperrten mich verdammt noch mal ein.

Dass ich im Zimmer auf und ab ging, ließ es mir schwindlig werden, denn es war winzig und zwang mich dazu, in kleinen Kreisen zu gehen. Meine Gedanken wirbelten auch in Kreisen. Sie wollten nicht aufhören zu rasen – wollten nicht aufhören, sich zu fragen, sich Vorwürfe zu machen. Sich schuldig zu fühlen.

Ich hätte vorher nachschauen sollen, um sicherzugehen, dass diese Vorladung nicht dazu geführt hatte, dass ein Haftbefehl ausgegeben worden war. Vielleicht hatte es Versuche gegeben, mich aufzuspüren. Die ganze Zeit war ich so sicher gewesen, dass die kanadische Regierung nicht wusste, wo ich war. Aber nach dem hier?

Ich holte mein Handy heraus und schrieb schnell an Heath.

Ich: *Kein kanadisches Konsulat.*

Heath: *Warum nicht? Und wo zum Teufel haben sie dich hingebracht?*

Ich: *Ich bin in so einer kleinen Zelle.*

Heath: *Du bist im GEFÄNGNIS?*

Ich schrieb rasch eine Antwort, als mein Handy schon wieder summte, aber es war eine andere Quelle.

Jedi-Junge: *Cranberry, bist du schon unterwegs? Ich meine es ernst, dass ich dich hier brauche.*

Ich: *Nicht jetzt, Lucas!*

Die Tür schwang auf, und ich ließ mein Handy fast fallen, als gerade Heaths Text erschien.

Heath: *Halt durch, K. Ich rufe jetzt Anwälte an.*

„Ms. Ellis? Wir müssen Ihnen Ihre elektronischen Geräte abnehmen."

„Was?" Sofort schob ich mein Handy in meinen BH. „Die werden sie schon meinen kalten, toten Händen entreißen müssen! Niemand nimmt mir mein Handy weg."

Der Beamte blinzelte und richtete sich auf. „Wollen Sie in die Vereinigten Staaten von Amerika einreisen, Ms. Ellis?"

„Warum werde ich festgehalten?"

Er verschränkte die Arme vor der Brust, stellte die Füße breit auf. „Das werde ich Ihnen zu diesem Zeitpunkt nicht sagen. Ihr Handy? Und Ihr Passwort, bitte."

„Sie können mich nicht durchsuchen. Ich weiß, was Ihre Gesetze sagen. Ich habe Rechte."

„Wir können Ihre materiellen Güter an uns nehmen. Sie sind dem US-Recht derzeit nicht unterworfen, denn Sie sind noch nicht ins Land gelassen worden."

Sein Blick war auf meinen BH gerichtet – weil dort mein Handy war, aber ich reckte dennoch meine großzügige Brust vor. Ich war mir völlig bewusst, was mein Vorbau mit den meisten Männern mit schwachem Herzen anstellte. Er riss den Blick von meinen perfekten Brüsten los. Ich verschränkte die Arme vor der Brust.

„Ihr Handy, Ms. Ellis. Oder wir können Sie in weniger als dreißig Minuten in ein Flugzeug heim nach British Columbia setzen."

Ein Gewicht sank tief in meinen Magen, weil ich wusste, dass ich am Flughafen vermutlich einem ähnlichen Team aus Bullys gegenüberstehen würde. Und so viel mehr. *Scheiße. Gottverdammt. Fuck, fuck, fuck.*

„Und jetzt steht mir eine Runde Waterboarding bevor, oder was?"

Sein Gesicht verdüsterte sich. Die böse Katya hatte ihren hässlichen Kopf gereckt. Verdammt. Mein Gesicht wurde rot, und er hielt mir nur seine Hand hin. Mit einem langen, gequälten Seufzen zog ich mein Handy aus meinem BH.

„Das ist schön warm. Weil es an meiner bloßen Brust gelegen hat."

Der Typ belohnte mich mit einem hübschen roten Farbton im Gesicht, bevor er mir das Ding aus der Hand riss und zur Tür ging. Er wirbelte herum. „Passwort?"

„Wonach suchen Sie denn darauf?"

Er hob vor mir die Augenbrauen. „Passwort?"

Ich stieß fast ein paar ungehörige Worte über Arschloch-Yankees aus, sah aber davon ab und murmelte das Passwort.

Ohne ein weiteres Wort war er weg. Und ich saß in dem verdammten Raum fest. Stundenlang.

Ohne mein Handy hatte ich keine Ahnung, wie lange es war, denn hier drin gab es keine Uhr.

Ich setzte mich hin.

Ich legte mich über zwei Stühle.

Ich legte mich auf den Tisch, die Hände unter dem Kopf, und starrte an die Decke.

Irgendwann brachte mir jemand eine Flasche Wasser und ließ mich aufs Klo.

Niemand beantwortete meine Fragen.

Ich konnte mich auch gleich den Tatsachen stellen. Vermutlich würde ich schon heute Nachmittag unterwegs zurück nach Vancouver sein. Ach, der Ausdruck auf den Gesichtern meiner Familie und Freunde, wenn ich auftauchte, nachdem ich letztes Jahr ohne auch nur ein Wort des Abschieds verschwunden war.

Ich rieb mir die schmerzenden Augen durch die Lider, bedauerte schon zum achtzigsten Mal meinen kleinen Ausflug in die Karibik. Epische Hochzeit oder nicht, ich hätte nicht fliegen sollen.

Denn das hatte jetzt *alles* ruiniert.

Plötzlich schlug die Tür wieder auf, und der erste Typ von der Passkontrolle kam mit einem Mann in Jeans und T-Shirt herein, der eine Messenger-Tasche auf der Schulter trug.

„Ms. Ellis", sagte der Mann, als der Beamte ohne ein Wort stehen blieb und von einem zum anderen sah. „Ich bin Sam Wright. Ihre Rechtsvertretung."

Rechtsvertretung? Himmel, ich hoffte, das bedeutete Anwalt auf Amerikanisch.

Ich runzelte die Stirn, öffnete den Mund, aber nichts kam heraus. Plötzlich bebte ich wie Laub im Wind, als Bully Nummer 1 mich anstarrte, als würde er jede meiner Bewegungen beobachten.

„Heath Bowman hat mich angerufen."

„Danke", krächzte ich.

Der Beamte ließ uns allein, warnte mich, dass er bald mit ein paar Fragen zurück sein würde. Ich betrachtete meinen neuen Anwalt von Kopf bis Fuß. Er war bullig gebaut, ein dunkler Bart bedeckte sein Gesicht. Er hatte Baggy-Jeans an, und er trug Birkenstocksandalen über fluffigen weißen Socken. Und er war jung – gerade mal dreißig.

„Tut mir leid, dass ich nicht wie ein Anwalt aussehe. Ich hatte gerade einen Tag frei. Ich habe nicht erwartet, heute geschäftlich unterwegs sein zu müssen." Ich konnte ihm alles vergeben, nur nicht die Birkenstocks. Aber wenn er mich aus meiner Haft befreite, konnte man sogar über die hinwegsehen.

Ich deutete auf den leeren Stuhl. „Tut mir leid, ich hab nicht viel anzubieten."

„Wie lange sind Sie schon hier drin?"

„Ich habe keine Ahnung. Stundenlang. Ich weiß nicht mal, wie spät es ist."

Er öffnete seine Messenger-Tasche und holte ein Tablet und ein Bündel Papier heraus. „Ich habe ein paar Formulare, die Sie für mich ausfüllen müssen, aber darum können wir uns kümmern, nachdem er wieder reinkommt. Ich nehme an, Sie wollen sich gegen das alles zur Wehr setzen."

Ich blinzelte. „Ich gehe nicht zurück nach Kanada."

„Nun ja …" Seine Brauen stießen aneinander.

„Was?", fragte ich, schluckte plötzlich einen weiteren großen Kloß in der Kehle. „Auf dem Weg hier rein habe ich es geschafft, verdeckt Fragen zu stellen und einen Hinweis drauf zu bekommen, weshalb sie Sie festhalten. Offensichtlich arbeiten Sie illegal in den USA?"

Mein Magen zog sich zusammen, und ich schloss die Augen und rieb mir über die Stirn, die Kopfschmerzen wurden schlimmer. Ja, das war es. Ich steckte so richtig tief in der Scheiße.

„Weshalb haben Sie sich nicht für ein Arbeitsvisum beworben?", fuhr Sam fort, der sich nicht mal die Mühe machte, mir die Gelegenheit zu geben, es zu leugnen.

„Es gibt schon Gründe. Äh …" Ich zappelte herum.

„Alles, was Sie zu mir sagen, ist strikt vertraulich. Das Privileg von Anwalt und Klientin."

Ich kratzte mich an der Augenbraue, fühlte mich plötzlich ziemlich unruhig. „Ich kann nicht zurück nach Kanada, weil ich nicht will, dass sie wissen, wo ich bin."

„Wer *sie*? Die Regierung oder private Bürger oder …?"

„Die Polizei."

Er blinzelte. „Steht gegen Sie ein Haftbefehl aus?"

Ich räusperte mich. Es war auf einmal ziemlich schwer, den nächsten Atemzug zu tun. „Ich weiß es nicht. *Bitte.* Sie müssen mir helfen. Ich kann nicht …“

„Haben Sie ein Verbrechen begangen?“

„*Nein.*“ Meine Fäuste spannten sich an, als würden sie diese Wahrheit aus eigenem Willen unterstützen wollen.

Er seufzte, schnappte sich einen Block und kitzelte einige Notizen hin. „Suchen Sie Asyl in den USA?“

Ich lachte fast. Aus Kanada? „Nein.“

„Okay, wir können die Details dessen, was bei Ihnen los ist, später klären, aber vorerst nehme ich an, was passieren wird, ist, dass sie Sie ins Land lassen und Ihnen die Aufforderung zukommen lassen werden, bald vor einem Einwanderungsrichter zu erscheinen.“

Ich blinzelte. „Okay.“

„Aber falls das stimmt und Sie ohne Visum im Land gearbeitet haben, werde ich mal offen sein. Da haben Sie nur wenige Möglichkeiten.“

„Dann kündige ich den Job.“ Mein Magen zog sich zusammen, als wäre er in einem Schraubstock bei dem Gedanken, den besten Job zu verlieren, den ich je gehabt hatte, aber … wenn ich dafür bleiben durfte, würde ich es sofort machen.

Er schüttelte den Kopf, presste die Lippen aufeinander. „So leicht ist es nicht. Es lässt sich doch nicht nachweisen, dass Sie nicht einfach einen weiteren illegalen Job annehmen. Man wird Ihnen nicht gestatten, zu bleiben, Katya.“

Verdammt.

„Was also dann? Zu diesem Zeitpunkt werfen Sie mich also raus?“

„Wie ich sagte, Ihre Möglichkeiten sind begrenzt. Aber Sie sind nicht ganz null." Er zögerte, also nickte ich begierig, damit er fortfuhr. Wenn auch nur der Hauch einer Hoffnung bestand, dass ich diese beschissene Situation aus dem Klo fischen konnte, würde ich sie annehmen. Mit Freude.

„Haben Sie eine Beziehung?"

Ich runzelte die Stirn, jetzt völlig überrumpelt von seiner aus dem Nichts kommenden Frage. Ich öffnete den Mund, um zu antworten, doch er hob die Hand. „Antworten Sie mir bitte nicht. Denken Sie nur darüber nach. Falls Sie zum Beispiel einen rechtmäßig amerikanischen Bürger heiraten sollten, wäre das ein Grund, Sie bleiben zu lassen, vorausgesetzt, die Ehe wird bald rechtmäßig besiegelt."

Ich schluckte.

Scheiße. Er wollte, dass ich *heiratete?*

„Und ... eine andere Möglichkeit besteht nicht?"

Er schaute mich an. „In Ihren Umständen? Vermutlich nicht."

Scheiße. Ich hatte keinen Freund. Seit ich nach Kalifornien gekommen war, war ich nur mit ein paar Jungs ausgegangen, und nichts davon – auf gar keinen Fall, unter keinen Umständen – hätte man ernst nennen können. Ich arbeitete verdammt noch mal zu viel und kam nicht oft raus, und das schon seit Monaten, ehrlich, während ich mich auf meinen Twitch-Kanal und meine anderen Ziele konzentrierte, um meine Karriere voranzutreiben ...

Heath? Konnte ich Heath bitten, es zu tun?

„Mein, äh, Mitbewohner ...?"

„Heath?"

„Ja", sagte ich nickend. Er würde es tun. Das wusste ich.

„Seien Sie vorsichtig. Heath ist offen schwul. Das wird vermutlich über seine sozialen Medien auch klar." Ich lehnte mich zurück, überrascht, dass er so viel über Heath wusste. Bevor ich fragen konnte, gab er mir die Antwort. „Heath ist der Freund eines Freundes. So kenne ich ihn – und deshalb hat er mich angerufen. Auf jeden Fall würde irgend so was – ein schwuler Mann, der eine heterosexuelle Vereinigung eingeht – direkt verraten, dass das eine *Mariage blanc* ist."

Eine weiße Hochzeit. Hey, dieses eine Mal hatte mein begrenztes Französisch tatsächlich geliefert.

Eine zweckdienliche Hochzeit, damit ich in den USA bleiben konnte. Wo sie mich offensichtlich nicht wirklich wollten. Lohnte sich das?

Meine Gedanken rasten. Wenn nicht Heath, wer dann? Ich musste jemanden heiraten, gottverdammt!

Sam stellte mir ein paar weitere Fragen, schrieb sich Notizen auf. Die Tür wurde erneut aufgerissen, und diesmal traten zwei Leute ein, die ich noch nie gesehen hatte. Da keine weiteren leeren Stühle mehr in meiner winzigen Zelle vorhanden waren, standen sie da, schauten mich direkt an und achteten nicht auf Sam.

Einer von ihnen hielt mein Handy in der Hand.

Ich hielt ihm eine Hand hin. „Ich will mein Handy, bitte."

Die beiden wechselten einen Blick, bevor er es mir langsam überließ. Ich legte es neben mir auf den Tisch. Während ich das tat, drückte ich auf den Home-Button, und auf dem Display leuchteten meine neuesten Nachrichten. Es gab mindestens fünf Nachrichten von Lucas, der mich beschimpfte, weil ich ihm nicht antwortete.

Der Typ musste ein paar Beruhigungspillen nehmen und aufhören, mich zu belästigen.

„Ms. Ellis, wir haben Ihre Kontakte und Nachrichten auf Ihrem Handy überprüft und konnten bestätigen, dass Sie in den USA in einer Firma arbeiten, ohne das Recht zu haben, in den Vereinigten Staaten zu arbeiten. Wie …"

„Ich heirate bald!", stieß ich hervor.

Ja. Diese Worte kamen aus meinem Mund. Meine Stimme sprach sie aus. Es war auf jeden Fall meine Stimme. Aber ich hatte bis zu dem Augenblick, da es mir über die Lippen kam, keine Ahnung, dass ich das sagen würde.

Mein ganzer Körper begann zu beben.

„Sie sagen, sie sind verlobt? Mit einem amerikanischen Staatsbürger?"

„Ja." Ich nickte heftig. „Äh, ja, auf jeden Fall."

Der andere Mann schnappte sich einen kleinen Block aus seiner Tasche und nahm sich Sams Stift. „Können Sie uns bitte den Namen Ihres Verlobten geben?"

Ich schaute wieder auf mein Handy. *Meine Kontakte.* Ich konnte mir keinen Namen ausdenken – ich konnte nicht mein vierzehnjähriges Ich heraufbeschwören und einen gespielten Freund herbeizaubern. Es musste jemand sein, der in meinen Kontakten stand.

„Lucas", stieß ich wieder mit dieser weit entfernten Stimme hervor. „Der Name meines Verlobten lautet Lucas Walker."

Der Antrag

Etwa drei Wochen später ...

Mir blieben weniger als neunzig Tage, um einen quicklebendigen amerikanischen Partner vorzustellen. So stand es auf den Papieren, die mir der Richter bei der Anhörung überreicht hatte, an der ich gerade teilgenommen hatte. Ansonsten würde ich auf jeden Fall ziemlich lange aus dem Land geworfen werden.

Immer noch von diesem Treffen bebend nippte ich an meinem Kaffee im Starbucks in der Nähe des Draco-Multimediacampus. Nervös wippte ich mit dem Bein auf und ab, schaute über die Liste mit Punkten, die ich hinten auf meinen Kassenzettel gekritzelt hatte. Punkten für ein Gespräch.

Schon eher für ein Anflehen, um ganz ehrlich zu sein.

Wieder einmal summte auf meinem Handy eine Nachricht. Ich schnappte es mir, erwartete irgendeine klugscheißerische Anmerkung, aber sie kam nicht von demjenigen, von dem ich es erwartete.

Mia: Hi, Freundin. Ich will dich nur wissen lassen, dass wir zurück auf trockenem Boden sind und auf unseren Rückflug warten.

Ich: Trotzdem bist du offiziell immer noch in den Flitterwochen, Mrs. Drake, und du solltest doch alles andere tun, als mir Nachrichten zu schreiben.

Mia: Wir sind in der Lounge. Das ist nicht die richtige Zeit und der richtige Ort, um Spaß zu haben. A. besteht immer noch darauf, dass wir kommerziell fliegen, wenn wir können.

Ich: Also dann Mile-High-Club?

Mia: Äh. Nein.

Ich: Na zumindest hoffe ich, er hat die letzten drei Wochen damit verbracht, dich schön wund zu scheuern.

Als Antwort schickte sie mir ein errötendes Emoji mit aufgerissenen Augen, das für Verlegenheit stand. *Sagen wir einfach, es gibt sonst nicht viel zu tun mitten im Ozean auf einer Jacht.*

Ich lachte und wünschte ihr und ihrem neuen Ehemann einen guten Flug. Als ich das Handy zur Seite legte, huschte mein Blick wieder über die Punkte auf der Liste, ich schaute auf die Uhr, zur Tür. Auf die Schlange an der Kasse. Noch einmal auf die Uhr. Wippte mit dem Knie immer wieder auf und ab, dann zerknüllte ich den verdammten Kassenzettel in meiner Hand.

„Siehst du, es ist folgendermaßen, Lucas. Ich brauche einen Ehemann", sagte ich zu dem leeren Stuhl mir gegenüber. Ich konnte ihn während eines Heiratsantrags nicht gerade „Jedi-Junge" nennen, oder?

Nein. Verflixt. Ich war gezwungen, nett zu ihm zu sein.

Aber in dem Augenblick, in dem ich nett zu ihm war, würde er den Braten riechen, und er würde auf maximale Verteidigung umschwenken.

Etliche Köpfe fuhren zu mir herum, obwohl ich ziemlich sicher war, dass sie nicht gehört hatten, was ich gesagt hatte, nur gesehen, wie ich mit dem leeren Stuhl mir gegenüber sprach. Ich legte den Kopf in die Hände und schloss die Augen, holte tief und reinigend Luft, während der durchdringende Zuckergeruch nach Kaffee und süßen Teilchen auf meine Sinne eindrang.

Wer hätte gedacht, dass die Teilnahme an Adams und Mias Hochzeit so viel Ärger machen würde? Nein – nein, es war nicht die Schuld der Hochzeit. Obwohl ich halb überzeugt war, dass mich irgendeine Art Pech befallen hatte. Das war wohl passiert, als Mia ihren Strauß geworfen hatte und er auf mir gelandet war – sich in meinen Haaren verheddert hatte, sodass ich fünf Minuten gebraucht hatte, ihn da rauszuziehen, während ich vor Panik gekreischt hatte.

Ich war verflucht. Vermutlich war es ein karibischer Voodoo-Hochzeitsfluch, falls so etwas wirklich existierte.

Mein Blick wanderte hinab zu dem Namen, den ich auf den Visaantrag für Verlobte geschrieben hatte. Ich brauchte einen Mann. Und zwar vorgestern.

Und aus irgendeinem verrückten, vermasselten Grund musste es Lucas sein.

Nachdem ich bei all unseren gemeinsamen Freunden herumgefragt hatte, hatte ich bestätigen können, was ich schon angenommen hatte – Lucas war Single und verfügbar. Und wir hatten eine dokumentierte Beziehung, falls „beste Feinde" für die Einwanderungsbehörde eine glaubwürdige voreheliche Beziehung darstellte.

Als Lucas schließlich die Eingangstür zum Café aufschob, rutschte mir der Magen bis in die Kniekehlen. Er war hochgewachsen und etwas schlanker als Durchschnitt, aber mit starken Armen und Schultern. Er trug ein Flanellhemd über seiner üblichen Arbeitsuniform aus T-Shirt und Jeans. Dunkle, kurz gestutzte Haare, die oben leicht stachlig gestylt waren. Verschlafene braune Augen. Wenn ich ihn mir anschaute, ohne zu wissen, wie sehr ich mich an ihm rieb, hätte ich ihn auf jeden Fall als abschleppbar eingestuft.

Er musterte rasch den Raum und fand mich. Ich hob eine Hand, und er runzelte die Stirn, kam direkt an meinen Tisch.

Uff. Also war er in so einer Laune. Mist.

Er sank vor mir auf den Stuhl, die Augen zusammengekniffen, während er betont seine Hand nach vorne holte, um auf seine große, klobige Armbanduhr zu schauen. „Okay, Cranberry. Wie ich schon in meiner Nachricht sagte, ich kann dir fünfzehn Minuten geben, dann muss ich wieder an die Arbeit. Ich sehe nicht, warum wir das hier drin machen müssen, anstatt einfach im Büro zu bleiben."

Ich hob meine Tasse. „Hier ist der Kaffee besser. Kann ich dir einen holen?"

Er schüttelte den Kopf. „In diesem Kaffee ist nicht genug Koffein für das, was mir heute noch bevorsteht. Jetzt spuck es aus."

Verflixt. Der Kerl musste sich mal entspannen oder mehr ADHS-Pillen nehmen oder so was. Himmel.

„Also, na ja, ich …"

Er verdrehte die Augen. „Kat, wir haben eine Deadline, und es wird eng. Kannst du aufhören, um den heißen Brei zu reden?"

„Ich, äh, ich brauche etwas Hilfe."

Er kniff die dunklen Brauen über diesen durchdringenden Augen zusammen, und mein Herz schlug etwas schneller – aber überhaupt nicht, weil er gut aussah. Okay, er war attraktiv, aber er war auf keinen Fall mein Typ. Nein. Ich war nur nervös, weil ich ihn bitten musste, das zu tun.

„Fragst du mich jetzt wieder, ob du eine Assistentin kriegst? Nicht mal ich habe eine Assistentin. Wie kommst du auf den Gedanken …"

Ich hob eine Hand. „Es geht nicht um die Arbeit. Es ist … was Persönliches. Ich brauche was."

Seine Brauen schossen nach oben, und obwohl er es verbergen wollte, erhaschte ich einen Blick auf einen Hauch

Sorge in seinen Augen, bevor er rasch wieder die Stirn runzelte. „Okay, was brauchst du denn, und warum fragst du mich danach?"

Ich spielte mit meiner Kaffeetasse, ließ den Deckel ein paar Mal runterploppen und steckte ihn wieder auf. „Na ja, ich frage ganz konkret dich, weil es, äh, etwas ist, das nur du für mich tun kannst."

Er wirkte sogar noch verwirrter, und um ehrlich zu sein, machte ich ihm daraus keinen Vorwurf. Ich vermasselte gerade meine hastig vorbereitete Ansprache mit den Stichpunkten. Vielleicht waren Stichpunkte einfach nicht mein Ding. Ich war an der Universität als Informatikerin ausgebildet worden. Vielleicht hätte ich stattdessen ein altmodisches Flow-Chart anfertigen sollen.

Oder ich hätte einfach nur die Brust recken sollen, damit er sich darauf konzentrieren konnte. Ich hatte ihn ein- oder zweimal dabei erwischst, wie er hinstarrte, wenn er gedacht hatte, dass mir das nicht auffiel.

„Ja, also ... was ich brauche."

„Ja?"

„Ich, äh ..." Plopp. Wieder ging der Deckel runter, und ich verschüttete beinahe den Kaffee. Der wäre überall gelandet, wäre der Becher nicht mehr oder weniger leer gewesen.

„Spuck es aus, Cranberry. Was soll ich für dich tun?"

Mein Blick schoss hoch, meine Augen richteten sich auf seine. Ich schluckte einen grapefruitgroßen Kloß in meiner trockenen Kehle. Verdammt, jetzt brauchte ich Wasser.

„Na?", drängte er, wies mit dem Kinn in meine Richtung, weil er verärgert war.

„Ich muss heiraten", stieß ich endlich hervor. Mein Knie hüpfte auf und ab, und er runzelte vor mir die Stirn. Ich konnte seine Reaktion überall auf seinem Gesicht lesen: *Warum ist das mein Problem?*

Ich holte tief Luft, angelte nach den Worten, um fortzufahren, und schob ganz unerklärlich den Visaantrag über den Tisch zu ihm und deutete auf seinen Namen. „Dich."

Er erstarrte, starrte darauf, als würde er seinen Ohren nicht trauen, dass ich gerade *das* zu ihm gesagt hatte.

Nach einer angespannten Minute senkte er den Blick auf das Formular, las es und las es noch einmal, den Blick fest auf die Zeile gerichtet, wo ich mit schwarzer Tinte seinen Namen hingeschrieben hatte. Dann kehrte sein Blick wieder zu mir zurück. Schockiert saß er ohne zu blinzeln da. Ich konnte mehr oder weniger hören, wie sich die Zahnräder in seinem Gehirn drehten, während er es verarbeitete. Und im Gegenzug hielt ich die Luft an, bis mir die Lungen brannten.

Langsam verwandelte sich der Ausdruck auf seinem Gesicht in etwas nicht zu Deutendes. Wie eine Mischung zwischen der Eröffnung, an einer unheilbaren Krankheit zu leiden, und gerade einen schweren, metallischen Gegenstand zwischen die Beine bekommen zu haben.

Na, verdammt. Das sah nicht gut aus. Vielleicht hätte ich doch besser vor ihm meine Brust recken sollen.

Die Hochzeit

Ich heiratete in der Sitznische eines Fast-Food-Restaurants, in einer erweiterten Mittagspause, die in eine Sechzig-Stunden-Arbeitswoche während des Runs auf die Deadline gequetscht wurde.

Es stand sehr zu bezweifeln, dass irgendein Mädchen im Lauf der Geschichte jemals eine Hochzeitsfantasie gehabt hatte, die *dem* nahekam. Auf dem Sitz gegenüber vom Bräutigam. In einer nüchternen weißen Sitzecke von In-N-Out Burger. Die Gelübde über Ketchuppäckchen ablegen. Begleitet vom Geruch nach frittierten Pommes und den Surrgeräuschen eines Milchshake-Mixers.

Fast jedes kleine Mädchen stellte sich doch vor, wie ihr Hochzeitstag einmal aussehen würde. Da sah sie Blumen, die Torte, das glamouröse, funkelnde Kleid. Sie stellte sich die Familie vor, die sie umgab, mit stolzer Miene und Liebe, die aus jedem Gesicht leuchtete.

Vielleicht hatte sie sich sogar den gut aussehenden jungen Mann vorgestellt, der neben ihr stand, Liebe und Leidenschaft in den Augen, während er sich unwiderruflich ihr versprach. Dann setzte die hochtrabende Musik ein, und die tränenreiche Verkündung ewiger Liebe.

An meinem besonderen Tag? Tja. Nicht ganz das.

„Okay", sagte mein Freund und Mitbewohner Heath Bowman, der die Rechnung für unsere Mittagsbestellung zur Seite schob, damit er die notwendigen Papiere auf dem Tisch ausbreiten konnte. „Danke, dass ihr das alles ausgefüllt habt übrigens. Damit geht das sehr viel schneller."

Lucas Walker, mein Kollege, meine ehemalige Nemesis und jetzt mein Bräutigam, saß mir und Heath gegenüber. *Mein zukünftiger Mann.* Wow. Das war die schräge Kirsche oben auf diesem Eisbrecher, der eine echt bizarre Erfahrung darstellte. Wenn wir in etwa einer halben Stunde aus diesem Burgerladen gingen, würde Lucas mein Mann sein.

Und ich seine Frau.

Mein Blick huschte wieder zu ihm, wo er starr auf seinem Plastiksitz saß. Seine Züge unbewegt und absolut nicht zu deuten, die Finger fest auf dem Tisch übereinandergelegt. Mein Blick blieb an diesen Händen hängen, wo ich nicht zum ersten Mal bemerkte, wie sehr sie mich faszinierten. Sie waren stark, männlich. Lange Finger, deutlich sichtbare Adern, die sich über die leicht haarigen Hände zogen. Mein Blick wanderte seine festen, muskulösen Arme im Flanellhemd hinauf.

Versuch, dich nicht darauf zu konzentrieren. Ich zwang meinen Blick nach unten, damit ich ihm nicht wieder in die Augen schauen musste. Er hatte die wunderbarsten braunen Augen. Sie wirkten verschlafen, selbst wenn er ganz aufmerksam war. Und sie waren von dunklen Wimpern gesäumt. Und sein Mund ...

Hör damit auf, Kat!

Ich seufzte laut und konzentrierte mich auf Heath, der die Informationen auf das Formular schrieb, während er sprach. „Okay, um also im Staat Kalifornien rechtskräftig verheiratet zu sein, braucht ihr einen lizenzierten Offizianten." Heath legte sich eine große Hand auf die Brust. „Das bin ich. Dann müsst ihr, wenn man euch bittet, laut erklären, dass ihr einander als euren rechtmäßigen Partner annehmt."

Ein paar Köpfe aus der Nische hinter Lucas fuhren in unsere Richtung herum, weil sie Heaths Monolog mitgehört hatten.

Neugierige Blicke trafen auf meinen starrenden „leg dich nicht mit mir an"-Blick, und bald kümmerten sie sich wieder um ihre eigenen Angelegenheiten.

„Willst du, Katharina Rose Ellis, Lucas Walker …" Heath kniff die Augen zusammen und schaute auf den Namen, den ich in das Formular gequetscht hatte. Bis gestern hatte ich keine Ahnung gehabt, dass mein zukünftiger Ehemann einen weiteren Nachnamen hatte und dass Walker eigentlich sein zweiter Vorname war. Und dieser Nachname, der war ein Knaller. Mir war der Platz auf dem Formular ausgegangen, während ich die Box mit dem Nachnamen gefüllt hatte, die Buchstaben waren auf den Rand hinausgequollen.

„Lucas Walker van den Hoehnsboek van Lynden", ratterte Lucas herunter.

„Das sind genug Namen für vier Leute." Heath schnaubte.

Lucas reagierte nur, indem er die Augen verdrehte und eine Geste machte, die eindeutig besagte: *Bringen wir's hinter uns.*

Heaths Blick huschte wieder zu mir. „Okay, also, Katya, nimmst du Lucas als deinen rechtmäßigen Ehemann an?"

Ich blinzelte, den Blick auf die stilisierten roten Palmen gerichtet, die die gekachelten Wände überall um uns herum säumten.

Soundeffekt: Vinyl-Scratch. Uuuund Standbild.
*Ja, das bin ich. Es besteht vermutlich die Frage, wie ich in diese Lage
geraten bin ...*

Alles fing an, als ich das Land verließ, um auf die schicke
karibische Hochzeit meiner Freunde zu gehen. Auf dem
Rückweg wurde ich von der US-Zoll- und Einreisebehörde
festgesetzt. Sie warfen mit der wilden Anschuldigung um sich,
dass ich – ein hart arbeitendes, gewissermaßen unschuldiges
kanadisches Mädchen, das eigentlich nur mit den eigenen
Angelegenheiten beschäftigt gewesen war, über ein Jahr illegal
in den USA gearbeitet hatte, ohne ein spezielles Visum oder eine
Erlaubnis dafür zu haben. Und keine Aufenthaltserlaubnis.

Was die für Nerven hatten.

Und dann hatten sie sogar recht. Das bedeutete für sie, dass
ich es verdient hatte, für immer aus den Vereinigten Staaten von
Amerika geworfen zu werden, und meinem Traumjob
Lebewohl sagen musste. Aber mitten in diesem
Einwanderungszirkus und in der panischen Hitze des
Augenblicks, während alle Finger direkt auf mich gezeigt hatten,
hatte ich die erste Lüge ausgespuckt, die mir in den Kopf
gekommen war: dass ich heiratete. Und zwar Lucas, meinen
Kollegen aus der Arbeit. Und amerikanischen Staatsbürger.

Und Junge, hat sich diese Lüge vervielfältigt und aufgeteilt
und reproduziert wie ein Fiebervirus. Seit ich ihm in der
Vorwoche die Frage in einem Café gestellt hatte, hatte mein
Leben sogar eine noch surrealere Wendung genommen. Denn
nachdem ich meine Lage ganz genau erklärt hatte, hatte er
ziemlich überraschend verkündet, er würde mir helfen.

Obwohl er, wie er mit zusammengekniffenen Augen betont hatte, während er vor mir mit dem Finger gewackelt hatte, das Ganze nur machte, weil er mich brauchte, um ihm zu helfen. Er war für einen tollen neuen Job vorgeschlagen worden, der mit einer gigantischen Beförderung einherging, und er brauchte meine Hilfe, um ihn zu kriegen. Das bedeutete, dass ich in der Qualitätssicherung für die neue Erweiterung malochte, und dass wir alle Deadlines schafften, damit er den Boss beeindrucken konnte.

Ich, ein Schuldknecht? Nicht unbedingt.

Solange er bereit war, den Lackmustest zu bestehen, dass er mein rechtmäßiger Yankee-Ehemann war, war das für mich in Ordnung. Damit ich nicht aus dem Land geworfen wurde, würde ich einfach tun, was nötig war, um diese verrückte, paranoide Regierung zufriedenzustellen. Denn aus so vielen Gründen, an die ich nicht mal denken wollte, während ich zusah, wie Heath sich mit den Papieren herumschlug, und mein halbherziges Gelübde aufsagte, konnte ich nicht zurück nach Kanada.

Nicht jetzt. Nicht für eine lange Zeit.

Vielleicht wenn ich mal achtzig Jahre alt war. Das hing davon ab, wie lange die Verjährungsfrist war.

Irgendwann während dieses ganzen Prozederes hatte ich wohl auf Heaths Frage eine Antwort herausgekrächzt, denn Heath fragte Lucas nun dasselbe. „Und Lucas, nimmst du Katya als deine Frau?"

Seine Hände auf dem Tisch schienen sich anzuspannen, wo sie aneinander lagen, die Handknöchel wurden weiß. Abgesehen davon zeigte er keine Regung. Er nickte knapp und sagte sogar noch knapper: „Ja, ich will." Das sprach er mit völlig ausdrucksloser Stimme aus.

Heath nickte zufrieden: „Mit der Macht, die mir vom Staate Kalifornien verliehen wurde, und so weiter und sofort, erkläre ich euch nun zu Mann und Frau …“

„Nummer dreiundneunzig, Ihre Bestellung ist fertig!“, kam die körperlose Stimme aus dem Lautsprecher über uns.

„Oh, das sind wir. Jetzt müssen wir die Hochzeit aber schnell durchziehen. Ihr beiden unterschreibt, während ich weg bin.“ Heath deutete auf eine Stelle auf dem Formular, dann schob er sich aus der Nische, um unser Tablett mit Burgern und Fritten zu holen.

Die surreale Anmutung am Ende dieses Nachmittags wurde mit jeder vergehenden Sekunde noch intensiver, vom *und so weiter und sofort*, das die Ehe besiegelte, bis zur Störung über den Lautsprecher und dem Hochzeitsmahl aus Doppeldeckerburgern, Milchshakes und Skinny Fries. Ja, sagen wir einfach, es war was Gutes, dass ich kein Mädchen war, das sich an ihre kindlichen Träume aus Spitzenschleiern und Blumensträußen mit halb geöffneten Rosen klammerte.

Mit fast roboterhaften Bewegungen griff mein frischgebackener Ehemann herüber, zog das Formular vor sich und unterschrieb mit raschen, entschlossenen Bewegungen seines Füllers auf der Reposalplatte des Tisches. Dann schob er das Formular mir hin.

Aber anstatt sofort zu unterschreiben, hob ich meine Wachspapier-Limotasse und neigte sie zu ihm, um ganz klar einen Trinkspruch anzudeuten.

Wir schauten uns in die Augen. In der Luft zwischen uns knisterte und knallte etwas. Er hob eine Augenbraue vor mir, bevor er langsam den Blick senkte, entlang der Linie meiner langen Haare an den Schultern vorbei, meine Arme entlang, wo sie fast den Tisch streiften, als ich mich zu ihm beugte.

Sein Blick wärmte alles, was er berührte. Aber ich hätte ihn das in einer Zillion Jahre nicht wissen lassen.

Ich räusperte mich. „Komm schon, wir sollten doch zumindest anstoßen, oder?"

Sein Blick hob sich wieder zu mir, er schien gegen den Drang zu kämpfen, die Augen zu verdrehen. Aber er stieg darauf ein, tippte mit seiner Tasse Diät-Cola an meine zuckrige rosa Limonade.

„Und auf was stoßen wir an? Exzellente Deadline-Spielräume? Auf einen Bonus für den frühen Beta-Release von den höchsten Bossen?"

Ich lächelte. „Auf uns. Mr. und Mrs. – äh – van – van Hoehns …"

Er seufzte und stellte seine Tasse ab. „Halten wir's doch einfach. Walker. Und ich dachte, du behältst deinen Nachnamen?"

Ich zuckte mit den Schultern und nickte. „Ja … klar. Außer es lässt uns vor der Einwanderungsbehörde besser dastehen, ihn zu ändern. Da werde ich mit meinem Anwalt reden müssen."

Er blinzelte und lehnte sich zurück, schaute auf seine Uhr. Er war sich natürlich immer unseres Arbeitsterminplans bewusst, der unfassbar geschäftig war. Als Spieletester mussten wir sicherstellen, dass alle Bugs aus der neuen Erweiterung raus waren, bevor Dragon Epoch – Krieg der gespaltenen Lande an die Öffentlichkeit ging. Und für ein so riesiges und unfassbar beliebtes Spiel wie Dragon Epoch war das keine einfache Aufgabe.

„Danke noch mal dafür", sagte ich, als ich endlich den Stift nahm und meine Unterschrift hinzufügte.

Mein Blick huschte hoch zu ihm, während ich fertig unterschrieb, und er beobachtete mich mit einem äußerst intensiven Blick, irgendwo auf meinen Nacken oder die Haare gerichtet. Als er hochschoss, um mir in die Augen zu schauen, erholte er sich in wenigen Sekunden.

Sein Kinn spannte sich an, und er fügte ein nicht ganz überzeugendes lockeres Schulterzucken hinzu. „Kein Dank nötig. Du weißt ja gut, dass ich das nicht völlig aus altruistischen Gründen mache. Wenn du dich bedanken willst, arbeite dir einfach weiter den Hintern in der Qualitätssicherung ab, die für den Beta-Test nötig ist."

Ich kannte Lucas lang genug – als Arbeitskollegen und ständigen Rivalen in so gut wie allem –, um zu wissen, dass er nicht sonderlich glücklich über das alles war. Er schien eher entschlossen. Oder vielleicht auch ein wenig resigniert. Aber er war so gut darin, fast alles zu verbergen, was unter der Oberfläche vorging, dass man ihn kaum deuten konnte. Ich zumindest nicht.

Immerhin schaute er mir wieder in die Augen. Er war jetzt inzwischen fast eine Woche lang meinen Blicken ausgewichen, seit ich ihm den Heiratsantrag mitten in einem Starbucks gemacht und ihm das Verlobten-Visum mit seinem Namen drauf unter die Nase gehalten hatte.

„Also, wann ziehe ich ein?", gab ich fröhlich von mir. Ich kannte die Antwort auf die Frage bereits, aber es war gut, ihn hin und wieder mal auf die Palme zu bringen, damit er sich benahm.

Sein Gesicht verdüsterte sich. „Du hast gesagt …"

Ich hob die Hand. „Nur Spaß. Ich mache Spaß. Ich werde mir weiterhin mit Heath eine Wohnung teilen. Aber ab jetzt werde ich die Post bei dir empfangen müssen, damit es nachvollziehbare Unterlagen aus Papier gibt. Mit deiner Erlaubnis lasse ich meine ganzen Eintragungen ändern. Ich glaube, alles, was wir brauchen, ist die Heiratsurkunde, sobald sie sie uns schicken. Ich habe auch weitere Dokumente gesammelt."

Er zuckte mit einer dunklen Augenbraue. „Du meinst, du hast Dokumente in Photoshop zusammengebastelt?"

Ich zuckte mit den Schultern. „Ich werde uns eine herrliche Hochzeit und Flitterwochen verschaffen."

Er beugte sich vor. „Denk dran, Cranberry, wir haben Regeln für all das vereinbart."

Ich schüttelte den Kopf, mein Blick ging aus dem Fenster. Der Jedi-Junge und seine verdammten Regeln. Die ganze Zeit nur Regeln. „Ja, ich weiß es noch. Du lässt sie mich jetzt nicht noch einmal aufsagen."

Er kniff die Augen zusammen. „Willst du wetten?"

Mein Blick ging zurück zu ihm, einerseits genervt, während ich andererseits immer noch Wohlwollen durch eine Schicht Dankbarkeit empfand, weil er das alles für mich machte. „Das ist das letzte Mal, dass ich sie laut ausspreche, verstanden? Bei der Arbeit nicht auftreten, als wären wir ein verheiratetes Paar, auch nicht zu Hause oder überhaupt. Keine Witze über diese Ehe. Das Geheimnis dringt nicht über dich, mich und Heath hinaus. Nichts mit anderen Leuten anfangen." Ich schlürfte laut an meinem Getränk, nur um ihn zu nerven. „Und ich bekomme alle Hochzeitsgeschenke."

Er öffnete den Mund, um gegen meinen Zusatz Protest einzulegen, als Heath wieder auftauchte, der Geruch nach köstlichen Hamburgern drang auf meine Sinne ein. „Ich musste meinen Burger zurückschicken, damit sie ihn neu machen. Die Kassiererin hat nicht aufgeschrieben, dass ich ihn im ‚Animal Style' wollte."

Er stellte das Tablett ab und schnappte sich eine Handvoll Servietten vom Behälter auf dem Tisch, bevor er sich neben mir so heftig hinsetzte, dass ich auf meiner Seite der Bank auf und ab hüpfte. Heath biss in seinen Hamburger – Prioritäten –, bevor er den Blick zwischen mir und Lucas hin und her wandern ließ. „Sollte es denn jetzt Hochzeitsringe geben oder …?"

Lucas schüttelte heftig den Kopf. „Keine Ringe." Klar. Keine äußerlichen Zeichen, dass wir verheiratet waren. Es war ja nicht, als hätte jemand von uns viel Freizeit, um auf Dates zu gehen, wegen unserer hektischen Arbeitspläne. Ich machte ihm jedoch keinen Vorwurf. Er tat mir einen Gefallen, und, um ehrlich zu sein, setzte er sich dem Risiko aus, rechtlich verfolgt zu werden, indem er das tat. Da hätten Dates mit anderen die Sache nur noch chaotischer und komplizierter gemacht.

Ich hätte es ihm nie gesagt, aber mir machten die Regeln eigentlich nichts aus. Sie ergaben immerhin einen Sinn.

Doch als er aus der Sitznische glitt und ich einen Blick auf seinen Hintern in dieser Jeans erhaschte, die ihm so gut stand, fragte ich mich, ob es Regeln dagegen gab, einander als Mann und Frau abzuschleppen. Ich meine, wir waren Kollegen, also hatte das nie zur Debatte gestanden. Aber jetzt, da wir verheiratet waren, war es ja vielleicht was anderes?

Vielleicht würde ich ihn nächstes Mal fragen, wenn er ein bisschen was getrunken hatte und nicht mehr so zugeknöpft war.

In dem Augenblick, als wir mit unserem Essen fertig waren, machte Lucas Druck, dass wir zurück an die Arbeit gingen. Heath war runter nach Irvine gekommen, um uns den Gefallen zu tun. Sich schnell was zu essen abseits vom Campus zu holen, war die perfekte Ausrede, um uns fünfundvierzig Minuten lang aus dem Gebäude zu kriegen, während wir unsere Burger verputzten und unsere heiligen Ehegelübde ablegten.

Heath wischte sich sorgsam das Fett von den Händen, bevor er die Papiere nahm und sie unterschrieb, und dann den Umschlag einsteckte, von dem er uns versicherte, er würde ihn auf dem Heimweg von Irvine in die Post bringen.

Und von seinem Stehplatz aus beobachtete Lucas jede seiner Bewegungen, als hätte er kein Vertrauen in das, was Heath tat. Als hätte er gerade sein ganzes Leben mit einer Unterschrift weggegeben. Denn tatsächlich hatte er das für so ungefähr das nächste Jahr auch getan – komme das Ende der Welt oder meine Greencard.

BIOGRAPHY

Brenna Aubrey ist eine USA TODAY-Bestsellerautorin von zeitgenössischen Liebesgeschichten, die sich um die Nerd-Kultur drehen.

Sie hat schon immer gerne gute Bücher gelesen und lange komplexe Geschichten in ihrem Kopf ersonnen. Brenna ist ein Stadtmädchen mit dem Herzen einer Naturliebhaberin. Deshalb verbringt sie so viel Zeit wie möglich im Grünen. Sie ist auch Mutter, Lehrerin, Nerd, Frankophile, bekennende Videospielsüchtige und eBook-Sammlerin.

Zurzeit lebt sie mit ihrem Mann, zwei Kindern, zwei hinreißenden Golden Retriever-Welpen, einem Vogel und ein paar Fischen an der Westküste der USA.

Für weitere Informationen www.BrennaAubrey.de.